sMichael Richter

Ein Bier für ein Leben

Geschichten aus dem Praxisalltag eines Kardiologen

Michael Richter

Ein Bier für ein Leben

Geschichten aus dem Praxisalltag eines Kardiologen

FSC
www.fsc.org
MIX
Papier aus ver-
antwortungsvollen
Quellen
Paper from
responsible sources
FSC® C105338

Inhaltsverzeichnis

Vorwort

Fünfundvierzig Jahre nach dem Staatsexamen und nahezu dreißig Jahre in eigener Praxis hängte ich das Stethoskop an den berühmten Nagel. Vieles hatte ich in meiner beruflichen Tätigkeit erlebt. Da gab es manch Erfreuliches aber auch Herausforderndes, Lustiges aber auch Trauriges.

Gerne habe ich meinen Beruf ausgeübt, trotz vieler Widerwärtigkeiten würde ich den Beruf wieder wählen. Im Studium gab es schon Hürden zu überwinden. Eine Doktorarbeit wollte oder mußte ich schreiben und dafür ein Stipendium beantragen. An verschiedenen Kliniken habe ich die Facharztausbildung absolviert und mich dann als Kardiologe niedergelassen.

Auf vieles schaue ich zurück und möchte einige Erlebnisse, die mir besonders in Erinnerung geblieben sind, mitteilen. Die Geschichten habe ich über einen längeren Zeitraum aufgeschrieben. Somit ist es weder eine chronologische Abfolge noch klar inhaltlich getrennt, nein es ergaben sich somit mehrfach Wiederholungen. Ja jede Geschichte soll für sich alleine stehen können.

All den vielen Patientinnen und Patienten, die mir ihr Vertrauen geschenkt haben, ob nun in irgendeiner Weise erwähnt oder auch nicht, gilt mein Dank. Vielen konnte ich helfen, andere bei ihren Krankheiten und Leiden begleiten.

Anfangs 2025

Michael Richter

1.Von der Pike auf….

Die erste Zeit meines Studiums war unter anderem geprägt von einer enorm knappen finanziellen Lage. Für die ersten drei Monate hatte ich gerade mal tausend Mark bekommen. Davon musste ich die Miete für das Zimmer bezahlen, die Monatsfahrkarte vom Wohnort nach Zürich, das Essen, Studiengebühren, Bücher etc. Es war äusserst knapp.

So erinnere ich mich an Freitage vor dem Wochenende mit gerade mal fünf Franken in der Tasche, dies musste ausreichen. Zum Glück gab mir meine Mutter bei jedem Besuch zu Hause zwei oder drei Päckchen Haferflocken sowie zwei oder drei Päckchen mit Teigwaren mit. Also ein bisschen etwas hatte ich in der virtuellen Vorratskammer. Im Laden musste ich dann schon genau überlegen wie ich meinen Menüplan ergänzen würde. Muss aber festhalten, damals kostete ein Becher Joghurt noch zehn Rappen. Auch das Brot war für vierzig Rappen zu haben, Fleisch lag nicht drin, höchstens mal ein Paar Würstchen. Günstig war das Essen unter der Woche in der Mensa, so war die Ernährung auch nicht zu einseitig, denn dort gab es auch Gemüse und Salat.

Schnell wurde ich aufmerksam, im damaligen Kantonsspital waren Studenten als Nachtwachen sehr gefragt. Ich meldete mich. Der Anfangslohn war, meiner Erinnerung nach, ungefähr fünf Franken pro Stunde. Würde man einen Einführungskurs besuchen, würde sich der Stundenlohn schon nach zehn Nachtwachen statt erst nach zwanzig, um rund einen Franken erhöhen. Klar diesen Einführungskurs musste ich so schnell wie möglich besuchen.

Im Einführungskurs wurden wir instruiert wie man Blutdruck misst. Wir wurden auf die Schweigepflicht usw. aufmerksam gemacht. Was man uns sonst noch so beibrachte weiss ich nicht mehr im Detail.

Nun so kamen die ersten Nachtwachen. Da musste ich zum Beispiel im Zimmer mit einer älteren Dame sein. Über ihre Krankheit wusste ich nichts. Ich musste nur Dasein. Wenn sie etwas brauchte, musste ich ins Stationszimmer gehen und die diensttuende Schwester (damals waren es noch Schwestern und keine Pflegefachfrauen) orientieren. Licht machen durfte ich auch keines, somit war Lesen nicht möglich. Da musste ich wohl schon mit dem Schlaf kämpfen.

Teilweise suchte ich und andere Studenten das Personalbüro auf und erkundigten uns nach möglichen Einsätzen. Es kam aber auch immer wieder vor, dass wir extra aufgeboten wurden. Manchmal, wie schon erwähnt, waren es sogenannte Sitzwachen oder auch Aushilfen auf den Stationen.

Auf den verschiedensten Stationen bekam man ganz unterschiedliche Eindrücke. Ganz besonders ist mir ein Einsatz auf einer Bettenstation geblieben. Die dortige Oberschwester ging mit mir in einem Zimmer betten. Wie man sogenannte Spitalecken (Strechleintücher gab es damals noch nicht) macht, wusste ich natürlich schon lange. Sie wollte, dass ich auf der Fensterseite die Betten machen würde. Dies deshalb, da ich sie möglicherweise nicht so schön hinbekommen würde wie sie. Ja wenn dann der Chefarzt zur Visite käme und die schlecht gemachten Betten sehen würde....

Häufig war ich auf chirurgischen Stationen im Einsatz, recht häufig auf der Notfallaufnahmestation der Traumatologie. Da gab es dann schon mal betrunkene Patienten nach Stürzen und dergleichen. Ich erinnere mich, wie ich damals die ersten Eindrücke von Patienten mit Delirium tremens oder akuter Alkoholintoxikation mitbekam.

Ein besonderer Einsatz war auf der Privatabteilung von Professor Krayenbühl, Neurochirurg. Bei einem sehr prominenten Filmregisseur musste ich eine Sitzwache machen. Obwohl der Patient wohl eine Diskushernie hatte operieren lassen müssen, fragte mich der Professor (damals von uns Studenten liebevoll Kollege Hugo genannt) ob ich nicht bei einer Hirnoperation zusehen wolle. Nun, da sagte ich nicht nein. So fand ich mich am vereinbarten Tag im Operationssaal. Mehrfach fragte der Professor wo denn der Famulus sei und erklärte mir, über seine Schultern schauend, genau was er da operieren würde. Er schilderte wie er mit einem bestimmten Wachs Gefässe abdichtete, wie er dies von einem anderen bekannten Neurochirurgen gelernt habe. Ein eindrückliches Erlebnis.

Auf der Überwachungsstation der Neurochirurgie war ich dann in der Folge mehrfach im Einsatz. Da war Schwester Rita, sie machte nur Nachtwachen. Ihr grosser Traum war Opernsängerin zu werden. Ob sie es jemals wurde weiss ich nicht. Sie hatte eine sehr spezielle Technik des Waschens. Morgens mussten alle Patienten gewaschen werden. Nach Hirnoperationen waren die meisten Patienten noch etwas in einem Dämmerzustand. So war es Schwester Rita, die die Patienten mit einem Waschlappen etc. wusch, und ich – wie auch andere Studenten – mussten hinterher die Patienten wieder abtrocknen. Sie fand dies sei besonders effizient und zeitschonend. Was die Patienten mitbekamen oder empfunden haben mögen?

Einmal sollte ein Patient mitten in der Nacht katheterisiert
werden. Der diensttuende Assistenzarzt meinte, dass müsse
doch der Student können. In anderen Worten er wollte eigentlich weiterschlafen. Nun da ich diesen Eingriff noch nie
gemacht hatte, wollte er es mir zeigen. Dies lief dann so ab,
dass er mir die Anatomie erklärte und ich eigentlich gar nicht
genau wusste wie ich dies dann selbst machen müsste. Bei
nächster Gelegenheit, bat ich einen Pfleger mir es doch
nochmals zu zeigen. Bei ihm war es dann so, dass er mir
exakt erklärte mit einem Tupfer erst so putzen, dann so usw.
Da wusste ich technisch wie es anzustellen sei und mit den
anatomischen Erklärungen des Arztes war ich dann gewapp-
net.

Im Studium wurde während der ersten Semester verlangt
ein sogenanntes «Häfelipraktikum» zu absolvieren. Dies war
gedacht, damit angehende Ärzte einen Einblick in die pflege-
rischen Vorrichtungen und Tätigkeiten bekommen sollten.
Auch sollte man einen Eindruck von kranken Menschen bekommen, vielleicht auch schon die Beobachtungsgabe schu-
len. Hier nutzte ich meine Einsätze aus, und habe diese
Pflicht mit meinen Nachtwachen und weiteren Tätigkeiten
auf Stationen abgegolten. Studium, Nachtwachen etc., es
war nicht immer einfach dies alles unter einen Hut zu bringen. So habe ich auch mal vorgezogen zu Schlafen statt in
die Vorlesung zu gehen.

Es ging nicht lange, wurde ich für einen Einsatz auf der Intensivstation für Traumatologie aufgeboten. Das waren damals – anfangs der 70-er Jahre – neue Einrichtungen. Nach
kurzer Einarbeitung musste ich selbstständig Schwerst-
kranke übernehmen. Die zuständige Oberschwester

erkannte, dass sie mit motivierten und aufgeschlossenen Medizinstudenten ihre personellen Engpässe stopfen konnte (auch damals gab es schon so was wie einen Fachkräftemangel). So wurde ich mit anderen Kollegen zu Studenten mit vermehrter Verantwortung ausgewählt. Nun bekamen wir ein Stundenbüchlein und einen deutlich höheren Lohn. Auf der anderen Seite waren wir aber auch verpflichtet eine gewisse Anzahl Nächte, zum Teil auch Tage, zu arbeiten.

Die Arbeit auf der Intensivstation war oftmals sehr streng. Vor allem musste man sehr aufpassen die richtigen Medikamente zur richtigen Zeit dem richtigen Patienten zu verabreichen. Im Nachhinein denke ich, wir wurden mit wenig Wissen zu grossen Aufgaben herangezogen. So kann ich mich erinnern, wie mir drei Patienten anvertraut waren. Die beiden äusseren Patienten waren beatmet und dazwischen lag ein unruhiger Patient mit einem Schädel-Hirn-Trauma. Da war man die ganze Nacht ein- und angespannt. Infusionen mussten gewechselt werden, die Ausscheidung kontrolliert und festgehalten werden und mindestens stündlich die Beatmungsmaschine genau kontrolliert werden. Dies sollte mir später als Assistenzarzt zu Gute kommen, ich kannte die Geräte schon.

Als unregelmässig Arbeitender war ich immer wieder mit verschiedenen Schichten, will heissen Teams, zusammen. In einem dieser Teams war eine Schwester Gisela – hieß sie wirklich so, ich weiß es nicht mehr. Immer nachts um drei wechselte sie alle Abfallsäcke aus und bestand darauf diese bis zur Übergabe am Morgen nicht mehr zu füllen. Wohin aber mit dem Abfall? Nun so gut diese Idee gemeint sein möge, zum Arbeiten war es nicht gerade einfacher, nur noch ein zentral gelegener Abfallsack durfte gebraucht werden. Wenn die Arbeit es zu liess, tranken wir kurz vor Übergabe

an die nächste Schicht, eine Ovomaltine oder Schokolade.
Bei der Vollbelegung der Station waren Pausen oftmals
kaum möglich.

Es gab auch immer wieder schwierige Situationen. Einmal
hatten wir einen Patienten mit einem Tetanus (Wundstarr-
krampf). Die Behandlung war sehr anspruchsvoll. Er war be-
amtet, die Muskeln relaxiert. Damals hatten die Patienten oft
schon eine arterielle Schleuse (Kanüle), um nicht ständig
neu stechen zu müssen für die häufigen Blutkontrollen zur
Überwachung der Sauerstoffkonzentration im Blut, die Elekt-
rolyte (Salze) usw.. Ein Drucksystem war jedoch damals
nicht immer angeschlossen. So konnte es passieren, und ist
auch einmal geschehen, daß der Dreiweghahnen abfiel und
das Blut aus der Schleuse frei ins Bett lief. Ein Horror. Wenn
nicht rechtzeitig entdeckt, hätte der Patient verbluten können. Andererseits war das Bett voller Blut und der Patient
mußte neu gebetet, aber vorher noch gewaschen werden.
Es lohnte sich also engmaschig die Situationen im Auge zu
behalten, sonst führte dies zu Gefährdung der Patienten und
anschließender deutlicher Mehrarbeit.

Am Morgen musste man jeweilen der Oberschwester rap-
portieren über die Vorkommnisse der Nacht. Nicht nur wir
Studenten, sondern auch die Schwestern hatten diese Aufgabe. Einerseits wusste die Oberschwester so immer genau
Bescheid, sie bekam aber auch einen guten Eindruck von ihrer Mannschaft.

Die Arbeit machte mir Freude und ich fühlte mich bestätigt
die richtige Berufswahl getroffen zu haben. Manchmal gab
es auch einen Assistenzarzt, selten mal einen Oberarzt, der
zusätzliche Erklärungen und Erläuterungen abgab.

Mit der Zeit war ich durch meine Erfahrung vielseitig einsetzbar. Die Oberschwester und deren Stellvertreterin baten mich auch auf anderen Stationen auszuhelfen, einen Einsatz zu leisten.

Da waren eher ruhige Einsätze auf der Abteilung der Gefässchirurgie. Die üblichen Überwachungen, Puls, Blutdruck, Temperatur etc. Nach gefässchirurgischen Eingriffen musste der Puls am Fuss ständig kontrolliert werden zur Kontrolle ob der Eingriff auch weiterhin erfolgreich war, das Gefäss noch offen und die Durchblutung intakt.

Da gab es auch die plastische und Wiederherstellungschirurgie. Dies waren sehr ruhige Einsätze. Einmal hatte ich in einem 7-er Zimmer, das gab es damals noch, vorne rechts eine jüngere Patientin. Sie war hübsch und mir sehr sympathisch. Ich weiß noch sie hatte ein Melanom. Sie versuchte immer mit mir zu flirten, sodass ich regelmässig im Stationszimmer ihren Blutdruck und Puls nicht mehr wusste, wenn ich ihn ins Überwachungsblatt eintragen sollte. So musste ich oftmals noch ein zweites Mal bei ihr die Kontrolle vornehmen. Sie wollte mit einer Karottendiät das Übel bekämpfen. Was wohl aus ihr geworden ist? Wie lange hat sie die Krankheit im Schach halten können? Verläufe bekam ich leider nicht mit.

Einmal in den Semesterferien wurde ich angefragt 10 Nächte hintereinander auf der urologischen Abteilung, alleine rund 15 Patienten, meist Frischoperierte, zu betreuen. Dies war eine enorme Herausforderung. Mindesten vier Patienten hatten Spülungen. Diese mussten ständig gewechselt werden, sie durften keinesfalls verstopfen. Die Patienten hätten notfallmässig re-operiert werden müssen. Die Arbeit war so intensiv, dass kaum Zeit für ein Mitternachtssnack blieb. Zum Glück hatte ich es gut über die Runden gebracht. Am Morgen war ich dann jeweilen todmüde ins Bett gesunken. Damals waren die Nachtschichten auch noch viel länger, man war rund 12 Stunden im Einsatz, heute wären solche Arbeitszeiten nicht mehr möglich.

Ein anderer weiterer sehr spezieller Einsatz war bei einem Patienten mit Oesophagusvarizenblutung (Krampfadern in der Speiseröhre als Folge einer Leberzirrhose). Damals gab es noch keine Verödung der blutenden Gefässe. Es wurde dem Patienten eine sogenannte Seng-Staken-Sonde gelegt. Diese hatte einen Ballon. Mit Aufblasen des Ballons auf Höhe des blutenden Gefässes, so war die Idee, würde die Blutung zum Stillstand kommen. Damit es zu keinem Schaden an der Speiseröhre käme, mußte der Ballon stündlich abgelassen werden. Zudem mußte ständig mit Eiswasser gespült werden. Es war eine sehr strenge Nacht mit einer sogenannten eins-zu-eins Betreuung.

Viele Einsätze habe ich auf der Station für Schwerstverbrannte geleistet. Meist alleine in einer hermetisch abgeschlossenen Abteilung. Aus Hygienegründen mußte man eine Schleuse passieren und sich umkleiden – ähnlich wie der Zugang zu einem Operationssaal. Die Kleidung war dunkelrot, nicht grün wie im Operationssaal damals üblich. Wegen der Patienten mit oftmals großflächigen Verbrennungen, war die Temperatur angehoben und die Luftfeuchtigkeit hoch. Angenehm würde ich dieses Klima nicht bezeichnen. Um Infektionen zu verhindern, mußten die Verrichtungen am Patienten mit einem zusätzlichen Pflegemantel mit Handschuhen, Mundschutz sowieso, vorgenommen werden.

Da ich von meiner Tätigkeit auf der Intensivstation ja schon recht eingearbeitet war, war es auch kein Problem für mich, wenn es teilweise Patienten mit zusätzlicher Beatmung gab. Oftmals waren die Nächte ruhig und lang. Man konnte teilweise sogar Fernsehen. So erlebte ich auf dieser Station wie am Eurovision Contest damals ABBA mit Waterloo siegreich abschlossen. Während anderen Nächten habe ich längere Telefonate geführt.

Grossen Respekt hatte ich vor einer allfälligen Neueinlieferung. Die Erstversorgung war mit einem enormen Aufwand verbunden. Ein Operationstisch musste vorbereitet werden, die notwendigen Medikamente und besonders die zahlreichen Infusionen, um den enormen Flüssigkeitsverlust über die verbrannte Haut ausgleichen zu können, bereitgestellt werden. Sterile Instrumente zusammengestellt werden. Eine grosse Arbeit. Kollegen von mir wussten ich hatte grossen Respekt vor einem solchen Einsatz. So machten sie sich einen Spaß und haben mir mal nachts mit verstellter Stimme, angerufen, es käme ein Schwerstverbrannter. Sofort nahm ich die Checkliste zur Hand, begann mit den Vorbereitungen. Bereitete den Aufnahme- oder Operationsraum vor. Bevor ich jedoch die Liste der zu benachrichtigenden Personen abarbeiten wollte, gaben sie dann Entwarnung – wie war ich da erleichtert.

Oftmals sind wir Studenten, wenn mehrere von uns im Einsatz waren, gemeinsam nach einer intensiven Arbeitsnacht, ins Café Schober zu einem feinen Frühstück. Dort gab es dann auch mal Alice's Schoki Kirsch, eine Delikatesse. Dies war so nach dem Motto: eine Belohnung muß sein. Natürlich haben wir uns auch über medizinisches ausgetauscht, sodaß auch ein Lerneffekt vorhanden war.

Als dann einige Jahre später die Zeit des Praktikums in verschiedenen Kliniken kam, war mir vieles schon längst vertraut. Selbstverständlich ließ ich mir ein Zeugnis über die geleistete Arbeit ausstellen. Gebraucht habe ich es natürlich nie.

2. Ein ehemaliger Doktorand erzählt

Im Medizinstudium war der neurologische Untersuchungs-
kurs eine Pflicht. Prof. D. Lehmann konnte eindrücklich neurologische Krankheitsbilder vorstellen und plötzlich einen
perfekten epileptischen Anfall demonstrieren. Das machte
natürlich Eindruck. Er erzählte auch von seinen Forschun-
gen und signalisierte die Möglichkeit bei ihm zu promovie-
ren.

1978 während des Staatsexamens, nahm ich meinen Mut
zusammen und suchte Prof. D. Lehmann auf und trat mit der
Bitte an ihn, bei ihm eine Dissertation schreiben zu können.
Seine Antwort war, ich müsse eine halbes Jahr in seinem
Labor mitarbeiten. Da meine finanziellen Möglichkeiten be-
grenzt waren, haben wir auch dieses Problem besprochen
und einen Antrag an die Roche Studien-Stiftung für ein Stipendium gestellt. Erfreulicherweise wurde dem entsprochen.

Als Stipendiat und Doktorand arbeitete ich nun im Monakow
Labor mit. Ich half bei der Registrierung von evozierten Po-
tentialen mit. Diese Untersuchung wurde in der Klinik zu di-
agnostischen Zwecken bereits eingesetzt. Zunächst mußte
ich die Methode kennenlernen, lernen wie und wo die Elekt-
roden auf dem Skalp anzusetzen sind. Dies brauchte eine
Weile. Sodann mußten die registrierten Kurven ausgewertet
und interpretiert werden. Dies brauchte eine gewisse Zeit,
war etwas völlig anderes als das Studium und Ablegen von
Prüfungen.

Meine Aufgabe war es in einem zweiten Schritt Probanden
zu finden. Bei ihnen wurden ebenfalls evozierte Potentiale
registriert, und zwar visuelle. Es ging nun darum herauszu-
finden, ob bei Gesunden die maximale Antwort auf ein evo-
ziertes Potential abhängig von einem On-Reiz oder Off-Reiz
(es wurden Schachbrettmusterumkehr als Reiz eingesetzt)
an verschiedenen topographischen Punkten zu lokalisieren
war. Auch war die Fragestellung ob die zeitliche Verzöge-
rung an allen registrierten Orten gleich sein würde.

Als die Daten zusammengetragen waren, haben wir sie in
den Computer – damals eine riesige Maschine, einen halben
Raum füllend, den pdp 11 – gespiesen. Wir gingen Essen,
gingen ins Konditionstraining und nach mehreren Stunden
kamen tatsächlich statistisch signifikante Resultate heraus.
Heute würde ein Taschenrechner oder gar ein smart phone
die Ergebnisse schon nach dem Eintippen ausspucken.

Nun ging es ans Literatur suchen und Schreiben. Manche
Stunden sassen wir am Schreibtisch und haben die Worte
gewählt. War eine Seite mit Schreibmaschine geschrieben
und es mußte eine kleine Korrektur erfolgen – heute mit
Mausklick und ersetzen in Sekunden gemacht – damals
mußte die ganze Seite, manchmal sogar die zweite neu geschrieben werden.

Bei all diesen Arbeiten kamen auch einige persönlichere
Dinge zur Sprache. Dietrich stammt aus der Gegend von
Mannheim – sein Dialekt liess es manchmal gerade noch
ahnen. Inzwischen hatten wir auch herausgefunden, dass er
eine Tante in Schwäbisch Gmünd – Frau Dr. Louise Vogel –
hatte. Diese Tante hatte meinem Vater vor seinem Theolo-
giestudium Latein und Griechisch beigebracht. Zu meiner
Taufe hatte sie mir einen Silbernen Löffel geschenkt – mit

dem ich heute noch morgens oft meine Müesli esse - und
später nach Fertigstellung der Dissertation hat mir Frau Dr.
Louise Vogel ein Exemplar ihrer Gedichtsammlung: Alles ist
Gnade mit einer persönlichen Widmung geschenkt. Als
Spruch steht zu Beginn:

> Wechselnde Pfade,
>
> Schatten und Licht:
>
> Alles ist Gnade,
>
> Fürchte Dich nicht!
>
> Baltischer Hausspruch

Dietrich Lehmann habe ich in den folgenden Jahren spora-
disch immer wieder mal gesehen. Ein Spruch bei einer unserer letzten Begegnung am Sächseläutenplatz: „ach, der
Doktorand mit Verbindung zu meiner Tante."

Michael Richter

Literatur:

Luise Vogel: Alles ist Gnade, Gedichte, Einhorn-Verlag Edu-
ard Dietenberger, Schwäbisch Gmünd.

Skalp.Lokalisation und Latenzen visuell evozierter EEG-Po-
tenitale (Schachbrettmuster-On-, -Umkehr-, und –Off-Stimu-
lation der oberen und unteren Hemiretina) Inaugural-Disser-
tation zur Erlangung der Doktorwürde der Medizinischen
Fakultät der Universität Zürich. 1980.

168. Skrandies, W., Richter, M. and Lehmann, D.: Checkerboard evoked potentials: topography and latency for onset, offset and reversal. Progr. Brain Res. 54: 291-295 (1980).

173b Lehmann, D., Darcey, T.M., Kaeppeli, A.F., Richter, M., Skrandies, W. and Wolfensberger, C.: Checkerboard on, reversal, and off stimulation: Scalp locations and latency times of evoked potentials. *(abstract)* Electroenceph. Clin. Neurophysiol. 50: 237P-238P (1980).

3. Als Ärzte noch rauchten

Ja heute kann man sich das kaum mehr vorstellen, Ärzte die rauchen? Aber früher war das sehr verbreitet. Chirurgen waren teilweise Kettenraucher, Internisten weit seltener.

Es muss wohl in den 30-er Jahren gewesen sein, eine Geschichte wie es über Dorfärzte deren sicher viele zu erzählen gäbe. Eine «mittelalterliche» Dame suchte ihren Hausarzt auf wegen immer wieder auftretender Schmerzen in der Herzregion. Der Arzt bat die Patientin ihren Oberkörper frei zu machen und sich auf die Untersuchungsliege zu legen, damit er sie untersuchen könne. Er nahm sein Stethoskop zur Hand und wollte das Herz auskultieren. Die Zigarette noch immer im Mund, inzwischen mit einem längeren Stück Asche am Ende. Diese fiel prompt der Patientin auf die Brust. Mit der Hand wischte der Arzt die Asche weg und setzte seine Untersuchung fort.

In den 50-er Jahren war von einem Dorfarzt bekannt, dass Dr. H. wenn ihn Patienten aufsuchten, er diese erst in einen anderen Raum bat und dort sie um eine Zigarette ersuchte und diese mit ihnen genüßlich rauchte. Erst dann war er bereit sich den gesundheitlichen Problemen zu widmen. Bei Dr. K. im Nachbardorf war der Aschenbecher im Sprechzimmer immer zum Überlaufen voll. Dr. W. war da nicht viel anders. Nach einem Essen in einem Lokal, pflegte er sich bei der Kellnerin eine Zigarette zu erbitten, dafür gab es dann etwas mehr Trinkgeld.

Professor A. war ein sehr anerkannter, begabter und beliebter Chirurg. Ging eine Operation länger, so hat er im

Operationsraum geraucht. Ob ihm mal Asche in die Operationswunde fiel ist nicht überliefert.

Dr. W. war ein sehr guter Herzspezialist. Es muss wohl in den 60-er Jahren gewesen sein als die ersten Herzkatheteruntersuchungen aufkamen und zunehmend zur Routine wurden, damals jedoch noch aufwändige und länger dauernde Eingriffe waren. Im sterilen Mantel, mit Mundschutz, Handschuhen etc. wurde die Untersuchung durchgeführt. Von einer Hilfsperson liess sich Dr. W. den Mundschutz zur Seite schieben und mit einem Pean (eine Art Klemme) wurde ihm eine Zigarette zum Rauchen hingehalten. Damals war die schädigende Wirkung von Tabak schon lange bekannt. Als ich selbst wenige Jahre später in jenem Herzkatheterlabor meine Ausbildung machte, waren solche Gepflogenheit längst Vergangenheit. Was aber geblieben war, wenn eine Untersuchung oder ein Eingriff im sommerlich sehr warmen Labor sehr lang ging, so haben die Hilfspersonen weiterhin die Maske auf die Seite geschoben und uns aus einem Becher mit Trinkhalm Sirup zum Trinken gegeben.

Prof. H. war ein sehr starker Raucher. Kam er in eines unser Assistentenzimmern, um Unterlagen eines Patienten zu besprechen, so war es im Raum nachher nicht mehr auszuhalten, so voll war dieser vom Qualm. Die Chefarztvisite dauerte normalerweise eine gute Stunde, zu lange für ihn, um ohne Zigarette auszukommen. Ein guter Assistent hatte deshalb im Krankengeschichtenwagen, der damals noch von Zimmer zu Zimmer mitgeführt wurde, immer einen Aschenbecher dabei. Zwischen zwei Patientenzimmern nahm man den Aschenbecher hervor, Prof. H. zündete sich eine Zigarette an und erzählte eine Geschichte, sei es von Tauchferien oder anderen Ereignissen. Oftmals wäre man froh gewesen die Visite hätte um diese Zeit weniger lange gedauert, im Büro wartete ja noch viel administrative Arbeit. Wenn Prof. H. auf die schädliche Wirkung von Nikotin auf den Organismus von Herzinfarktpatienten angesprochen wurde, pflegte er zu antworten: ihnen hat es geschadet, mir nicht.

Die Zeiten haben sich geändert, auch in ärztlichen Kreisen wird viel weniger geraucht. Und wenn Ärzte noch rauchen, tun sie es meist im Verborgenen.

4, Alternativmedizin

Als Schulmediziner ist man der Alternativmedizin oder auch Komplementärmedizin gegenüber meist kritisch, ja oft ablehnend eingestellt. Dies trifft auch auf mich zu. Ich weiss zwar, dass es Hinweise gibt, dass mit Akupunktur kombinierte Narkosetechniken zu einem geringeren Einsatz von Analgetika führen kann. Kenne aber auch den Ausspruch eines Onkels der über die Akupunktur gesagt haben soll, egal wo man die Nadeln setzt, Hauptsache es gibt Geld in die Kasse.

Nun im Wägital gab es den Stock Franz. Er hatte für das Kraftwerk gearbeitet, war aber teilweise auch im Sommer auf Alpen gewesen. Ihm wurden heilende Kräfte zugesprochen. Zunächst hatte er Kühe mit Entzündungen am Euter behandelt. Er wurde ermuntert dies auch bei Menschen zu versuchen. So hat er sich einen Namen gemacht mit «Schmerzen nehmen» oder Warzen heilen etc. Wie er es machte weiß ich nicht, ich weiß aber er war ein tief gläubiger Mensch und hat wohl manches Ave Maria oder den Rosenkranz gebetet. Eine Erfolgsstatistik kenne ich nicht, aber die Menschen waren ihm dankbar. Geld nahm er nicht dafür, aber Geschenke nahm er dann wohl doch an. War ihm eine Situation nicht so ganz geheuer, hatte er mehrmals Patienten angewiesen sich bei mir zu melden.

Gemeinsam mit seiner Frau gingen sie im Sommer regelmässig auf den Splügen, dort betrieb ihr Schwiegersohn mit ihrer Tochter ein Hotel. S'Mueti, wie sie von einem ihrer Schwiegersöhne liebevoll genannt wurde, sammelte dort diverse Kräuter. Diese wurden getrocknet etc. Sie wusste für was diese einzusetzen waren. Dieses Wissen ist ja nun zunehmend am Schwinden. Wenn wir mal bei ihr und Stock Franz zu Besuch waren, war sie die Redselige, Franz war eher wortkarg. Und doch hat sich über die Jahre eine Empathie zwischen uns entwickelt.

Ich erinnere mich gut wie ich eines Tages auf der Intensivstation einen meiner Patienten kurz nach einer Herzoperation besuchte. Die Schwestern (heute Pflegefachfrauen) machten sich Sorgen um ihn. Er war so unruhig. Fragte man ihn ob er Schmerzen habe, verneinte er, ob er Durst habe, er verneinte, ob er Atemnot habe, auch nein. Nun ging ich zu ihm und fragte ihn ob ich Stock Franz anrufen solle. Ich wusste ja aus welchem Umfeld er kam und mit dem Wägital vertraut war, ging er doch regelmässig im Wägitalsee fischen. Seine erste Reaktion war eher ablehnend, ja eher als wisse er nicht was ich mit dieser Frage eigentlich wolle. Ich doppelte nach, ich insistierte und plötzlich ging ein Lächeln über sein Gesicht und er bat mich darum.

Ich ging ans Telefon und rief Stock Franz an. Ich schilderte ihm die Situation des Patienten. Er wußte sofort um wen es sich handelte. Er bedankte sich bei mir für den Anruf und meinte er kümmere sich darum, was auch immer das heissen sollte. Tatsächlich war der Patient danach ruhig und erholte sich sehr rasch vom Eingriff. Wie das ging, ich weiß es nicht.

Nachdem der Patient genesen war und bei mir zur Nachkontrolle kam, bedankte sich der Patient. Er lud mich und den Herzchirurgen zu einem Fischessen (mit selbstgefischten Fischen aus dem Wägitalsee) ein. Wir haben es dankend angenommen und einen netten Abend verbracht.

5. Mal ein trauriger Tag, mal eine fröhliche Begegnung

In meiner Assistentenzeit und Tätigkeit als Arzt erlebte ich viele traurige aber auch sehr schöne Ereignisse, Situationen in denen ich sehr gefordert war. Auf der Pflegeabteilung kümmerte ich mich um eine betagte Patientin mit einem Hirntumor. Wir verabreichten ihr Cortison, um damit die Schwellung des Hirns zu reduzieren, es ging ihr einige Zeit wieder besser. Leider war dies natürlich nicht anhaltend. So hatte ich immer wieder mit ihrem Schwager, der Einzige der sich noch um sie kümmerte, zu tun. Er war für alles so dankbar, er lud mich mit meiner Frau zu einem Essen ein. Als dann die Patientin schon verstorben war, blieben wir noch einige Zeit in Kontakt. So erfuhr er auch über die Geburt meiner Tochter. Er selbst hatte keine Kinder und schenkte uns für die kleine Erdenbürgerin ein Goldvreneli.

Ein andermal betreute ich einen Patienten der am Engadiner Skimarathon zusammengebrochen war, reanimiert worden war, aber leider erholten sich seine Hirnfunktionen nicht wie erhofft und erwartet. Als er einmal auf Befehl die Hand drückte, rief ich sofort seiner Frau an die fröhliche Mitteilung zu machen. War, wie sich später herausstellte, wohl ein Fehler. Der Patient erholte sich zwar weiter, blieb aber auf der Entwicklungsstufe eines 4-jährigen stehen. Schlecht konnte er gehen, eine echte Kommunikation war nicht mehr möglich. Dabei war er im Militär in einem höheren Rang und hatte auch im Beruf einen hohen Posten. Leider mußte er sein weiteres Leben in einem Pflegeheim verbringen. Seine Ehefrau litt entsprechend, es fehlte der Partner und Vater der Kinder. Unser Chefarzt meinte, das Beste wäre für die

Frau, wenn sie sich einen Freund zu tun würde. Ob sie es später tat, ich weiß es nicht. Viele Jahre später las ich die Todesanzeige des Patienten in der Zeitung.

Die Zeit auf der Intensivstation war oftmals sehr anspruchsvoll. Mein erster Tag alleine, ich hatte gerade übernommen, ging der Alarm los, Einsatz mit dem Cardiomobil (so hieß damals das Ambulanzfahrzeug welches mit ärztlicher Besatzung zu Notfällen, meist Herz, ausrückte). Ein akuter Herzinfarkt, wir mußten gar kurz reanimieren. Als die Situation stabil schien, habe ich sofort zum raschen Transport ins Spital aufgefordert. Unterwegs, mit Blaulicht und Sirene, fiel mir ein, ich hatte das Spital nicht avisiert. Mit Funk kündeten die Sanitäter unser Kommen an. Die Schwestern hatten gerade noch genügend Zeit das Bett bereit zu stellen. Der Patient hat sich dann aber erfreulich rasch erholt.

Bei einem anderen Einsatz konnten wir den Patienten knapp stabilisieren. Im Spital angekommen, waren die Schwestern entsetzt, das Bett sollte nicht mal richtig belegt werden (damit es nicht schmutzig werden würde). Sie liessen den Patienten einfach sterben und haben unsere Bemühungen nicht fortgesetzt. Ich war entsetzt. Als ich dies dann berichtete, meinte der Chefarzt ich hätte ein anderes Spital anfahren müssen.

Einmal hatten wir einen jungen Mann auf der Intensivstation. Alle Maßnahmen, alle zur Verfügung stehenden technischen Mittel und Medikamente wurden eingesetzt, er war nicht zu retten. Seine Frau sollte nochmals zu einem Besuch kommen, bevor er dann sterben würde. Ich wußte sie war unterwegs und habe, als ich sah wie der Kreislauf zusammenbrach, mehrmals noch einen Bolus Adrenalin gespritzt, ich wollte, daß die Frau ihn noch lebend antreffen würde. Eine

Schwester mußte mich von der Sinnlosigkeit meines Tuns
überzeugen, der Patient starb bevor seine Frau eintraf. Ja,
ich mußte lernen wie der Medizin Grenzen gesetzt sind.

An einem schönen Sommertag war es sehr ruhig, den wenigen Patienten ging es gut, kein besonderer Einsatz. Plötzlich
kam ein Rettungswagen. Sie brachten einen Mann, der bei
einer Finnenbahn tot aufgefunden worden war. Er hatte
keine äusseren Zeichen einer Verletzung oder Gewaltan-
wendung. An das Ergebnis des späteren Autopsieberichtes
kann ich mich nicht erinnern. Ich mußte den Tod feststellen.
Wie hieß der Mann, wer war er? Wir wußten es nicht. Er war
in Sportbekleidung und hatte keinen Ausweis bei sich. Nach
ein paar Stunden kamen Polizisten, es war gemeldet, daß
ein nicht identifizierter Tote bei uns aufgebahrt war. Sie
brachten eine Frau mit, die eine Vermißtenanzeige aufgegeben hatte. Nun war es meine Aufgabe mit dieser Frau in den
Aufbahrungsraum zu gehen, das Laken vom Gesicht anhe-
ben, damit sie ihn identifizieren konnte. Eine schreckliche,
eine Horrorszene.

Manchmal sind Erlebnisse auch lustig von der einen Seite
betrachtet, von einer anderen vielleicht gar etwas makaber.
An einem Samstagnachmittag wurde eine Braut im weissen
Hochzeitskleid gebracht. Sie war kaum ansprechbar. Wie
sich herausstellte, hatte sie Tabletten (in suizidaler Absicht?)
geschluckt. Wir deckten die Dame mit Plastik ab. Ich führte
vorsichtig den Magenschlauch ein und wir spülten den Ma-
gen aus. Wie lange es ging bis sie wieder wach war und an
ihre Hochzeit gehen konnte weiß ich nicht mehr. Wir vom
Personal in der Notfallstation haben uns sowohl amüsiert als
auch gefragt was das wohl für einen Start in eine Ehe sei.

Im Einzugsgebiet des Stadtspital Triemli wohnten viele Bürger jüdischen Glaubens. Da ist mir zum einen in Erinnerung geblieben wie ich morgens auf Station kam; über Nacht war eine jüdische Patientin gestorben. Ich ging an den Morgenrapport. Kaum zurück auf Station rief mich der Hausarzt der Verstorbenen an, wie es der Patientin gehe. Ich gab ihm an, sie sei in der Nacht leider verstorben. Er meinte, er wisse es schon, ich hätte es ihm schon längstens mitteilen müssen. Da lernte ich wie diese Gemeinschaft zusammenhält.

Ein anderes Mal hatte ich eine äusserst schwierige und anspruchsvolle Patientin, wie auch deren Angehörige. Sie hatte im Unterarm noch ihre Tätowierung, die Nummer die ihr im Konzentrationslager eintätowiert worden war. Ich kümmerte mich mit Empathie um sie, ließ mir auch Details vom Todesmarsch aus Ungarn, den sie mitgemacht und überlebt hatte, schildern. Schrecklich was da passiert war. Wie soll ein Mensch das verkraften können. Sie war in gewissem Sinn dankbar und meinte ich sei ein guter Arzt. Sie könne sich jedoch nicht vorstellen von einem deutschen Arzt behandelt zu werden. Zum damaligen Zeitpunkt war ich noch nicht Schweizer Bürger, dies habe ich dann aber doch nicht gesagt.

Während meiner Tätigkeit auf der Intensivstation hatten wir eine Patientin, die kurz nach der Geburt ihres Sohnes schwere Komplikationen mit Blutgerinnungsstörungen (Moschcowitz Syndrom) hatte. Wir «kämpften» um ihr Leben. Regelmäßig kam ihr Mann zu Besuch. Als es ihr besser ging, brachte er sogar den Säugling. Alle freuten sich an dem herzigen Buben. Die Patientin erholte sich und konnte dann später entlassen werden.

Jahre später, ich war inzwischen im Universitätsspital tätig, begegnete ich einem Mann im Gang. Es war der Mann der damaligen Patientin und Vater des Sohnes. Auch er erkannte mich wieder. Wir unterhielten uns. Inzwischen hatte er seinen Lehrerberuf gegen eine Anstellung im Aufnahmebüro im Spital aufgegeben. Er hatte einen sehr persönlichen Erlebnisbericht um die Geburt des Sohnes und die schwere Erkrankung seiner Frau verfaßt. Er gab mir das Büchlein zum Lesen, ich war sehr beeindruckt. Ich lud ihn mit Frau und Kind zu einem Nachtessen ein. Ich meine mich sogar zu erinnern, wie die Familie damals mit einem DKW vorgefahren war. So konnte ich mich bedanken für den Einblick in die sehr intimen Erlebnisse und Schilderungen und das Büchlein zurückgeben.

Doch damit ist die Geschichte noch nicht zu Ende. Nach geschätzt 25 Jahren, inzwischen war ich selbständig in eigener Praxis, kam ein junger Mann zur Untersuchung. Wie immer erfragte ich eine ausführliche Anamnese, die auch Fragen über seine Eltern beinhaltete. Der Vater war vor ein paar Jahren verstorben. Erstaunt hörte ich die Geschichte der Mutter. Sie sei nach seiner Geburt schwer krank auf der Intensivstation gelegen, habe eine seltene Krankheit gehabt. Nun wie sich die Kreise schließen, ich realisierte sofort um wen es sich handeln mußte. Es war der Sohn der damaligen Patientin. Ich habe ihm meine Erinnerungen geschildert und bat ihn einen Gruß an seine Mutter auszurichten. Wir haben uns dann sogar noch zu einem Kaffee getroffen und Erinnerungen ausgetauscht.

Bevor ich später die Stelle als Oberarzt antrat, war ich noch über zwei Jahre an der Medizinischen Poliklinik tätig. Dort sahen wir Patienten aus allen sozialen Schichten mit banalen Beschwerden aber auch mit schwierigen Diagnosen. So hatte ich eine Fahrende als Patientin. Ich konnte eine gute Vertrauensbasis mit ihr aufbauen. Dies führte dazu, daß eine ganze Reihe von Verwandten oder Bekannten aus ihrem Umfeld ebenfalls zu mir in Kontrolle, zur Untersuchung und Behandlung kamen. Als ich Jahre später selbständig in meiner Praxis war, kam sie wieder zu mir. Sie hatte mich «ausfindig» gemacht und wollte weiter von mir betreut und behandelt werden.

Eindrücklich waren ihre Schilderungen wie sie als Kind in Heime gesteckt wurde, zum Teil geschlagen und wohl auch mißhandelt worden war. Wirklich gut hatte es sie nie im Leben. Wenn möglich war sie als Messerschleiferin etc. unterwegs. Das Fahren war ihr im Blut. Immer knapp bei Kasse mußte sie auch noch ihre Kinder unterstützen. Die Tochter hatte ein behindertes Kind, der Sohn war in der Drogenszene, hat seine Mutter gar bestohlen, nichts blieb ihr erspart. Doch das Vertrauen welches sie mir entgegenbrachte, war für mich ein schönes Erlebnis.

Aus ihrem Umfeld hatte ich einen Patienten der mehrfach nicht zu den vereinbarten Terminen kam. Normalerweise habe ich versäumte Konsultationen nie verrechnet. Da es bei ihm jedoch mehrfach vorkam, habe ich ihm eine Rechnung gestellt. Diese wurde prompt bezahlt. Als er wieder in die Sprechstunde kam, entschuldigte er sich. Das Malheur war passiert, da er nicht lesen und schreiben konnte. Da tat der Mann mir aber leid, aber da konnte ich nicht mehr zurück.

Oftmals haben Patienten sehr persönliche Berichte geschildert. Dies war als Vertrauensbasis ein sehr schönes Erlebnis, konnte aber auch belastend sein. So schilderte mir mal eine ältere Dame wie sie als junges Mädchen eine

Abtreibung hatte vornehmen lassen (evtl. müssen, die Details weiss ich nicht mehr). Sie hatte dem ungeboren gebliebenen Kind einen Namen gegeben und meinte es wäre nun 60-jährig. Am Schluß ihrer Schilderung sagte sie mir, diese Geschichte habe sie nun erstmals seit dem Erlebten überhaupt jemandem erzählt. Bisher trug sie dies immer alleine mit sich herum. Es war für beide von uns sehr emotional.

Oder eine andere Frau schilderte mir wie sie von ihrer Mutter als 16-jährige die Erlaubnis wollte die Pille beziehen zu dürfen. Es mußte wohl in den später 60-er Jahren gewesen sein. Damals hatte der Papst mit der Enzyklika «humanae vitae» quasi die Pille verboten. Die Mutter sagte offenbar zur Tochter: Kind willst du dich so versündigen. Später heiratete die Frau und hatte zwei Töchter. Leider ist ihr Ehemann sehr früh verstorben. Ironischerweise hatte diese Frau dann, nachdem ihr Ehemann verstorben war, eine Beziehung zu einem (offenbar nicht mehr zölibatär lebenden) Priester. Er hatte sie so gut über den Tod des Ehemannes trösten können.

Einmal kam eine junge Frau in die Sprechstunde. Sie war noch nicht sehr lange verheiratet, wurde nicht schwanger. Sie hatte den Verdacht ihr Ehemann hätte eine Affäre und deshalb habe er kein Interesse am Geschlechtsverkehr mit ihr – eben, so konnte sie nicht schwanger werden. Offensichtlich war es ihr Ziel zu mir eine Vertrauensbasis aufzubauen, damit sie ihren Mann zu einer Untersuchung aufbieten lassen könnte, denn er stritt ab eine Affäre zu haben.

Der Mann kam zu mir in die Sprechstunde. Die Anamnese war unauffällig, die körperliche Untersuchung ebenfalls. Das veranlasste Labor zeigte zunächst ebenfalls keine Auffälligkeiten. Doch da gingen wir einen Schritt weiter und es ergab sich eine Anomalie im Hormonstatus. Der Mann hatte ein Prolaktinom (gutartiges Hyophysen Adenom). Mein erster Gedanke war, nachdem in einer Magnet Resonanz Untersuchung der Befund bestätigt worden war, der Mann muss operiert werden. Diese Operation wird gewöhnlich durch die Nase durchgeführt. Ich eröffnete die Diagnose dem Ehepaar. Sie waren sichtlich nicht erbaut.

Im Kollegenkreis wurde die medizinische Situation daraufhin eingehend diskutiert. Das Adenom war typischerweise sehr klein. Somit kam das Gremium zum Schluss das Adenom sei medikamentös zu behandeln. Gesagt, getan. Der Hormonhaushalt normalisierte sich beim Patienten und die Ehe wurde wieder gelebt. Nach etwa einem Jahr war die Frau schwanger geworden und eine Tochter erblickte das Licht der Welt. Von Affäre also keine Spur.

Stolz besuchte mich die junge Familie. Der inzwischen ehemalige Patient bot sich an, mein Vermögensverwalter zu werden. Dies wollte ich denn doch nicht und so verloren wir uns aus den Augen.

Eines Tages suchte mich ein jüngerer Patient auf. Seit Jahren war er Diabetiker und hatte seinen Diabetes auch gut im Griff. Wollte er, gelernter Physiotherapeut, eine grössere Wanderung oder andere Anstrengung unternehmen, so wußte er genau wieviel weniger Insulin zu spritzen wäre oder alternativ wann ein zusätzliches Glas Orangensaft zu trinken wäre, oder gar ein zusätzliches Brötchen zu essen wäre.

Erst kürzlich war er bei seiner Diabetologin da er sich nicht so wohl fühlte und eine Leistungseinbusse vermerkt hatte. Ohne ihn genau zu befragen und genauer zu untersuchen, stellte sie aufgrund ihres Laborwertes HbA1C (Kontrollwerte für Zuckereinstellung der letzten drei Monate) fest, es sei alles in Ordnung.

Nun mit dieser Vorgeschichte kam der Patient zu mir. Ich hörte zunächst mal genau zu. Er erzählte mir von seiner momentan schwierigen Situation mit seinem Sohn. Damit hatte er mich schon fast auf die falsche Fährte geleitet. Man wäre geneigt gewesen die Leistungseinbusse als psychisch oder als Überlastung an zu sehen. Ich habe den Patienten aber anschliessend gewissenhaft untersucht und stellte vergrösserte Lymphknoten fest. Da war nun wirklich etwas nicht in Ordnung. Weitere Abklärungen waren angezeigt. Traurigerweise mußten wir die Diagnose eines Lymphoms feststellen. Wir besprachen die Situation und ich überwies den Patienten an einen mir bekannten Onkologen. Dieser konnte das Vertrauen des Patienten gewinnen und die notwendige, belastende und aufwendige Therapie mit ihm besprechen und durchführen. Der Patient wurde geheilt. Die nächsten zehn Jahre kam er jährlich zu mir zur weiteren Kontrolle (Diabetiker sind für Herzerkrankungen gefährdet). Jedes Mal sprach er seinen Dank aus. Die Problematik mit seinem Sohn hatte sich in der Folge auch wieder normalisiert. Beide freuten wir uns wenn wir uns wieder sahen.

Diabetiker waren für mich nicht immer einfach zu führen. So hatte ich eine ältere Patientin mit Diabetes. Alles Erklären, jeder Vorschlag für eine Optimierung ihrer Situation lehnte sie kategorisch ab. Sie bestand darauf ihren Bohnenbluschttee zu trinken. Obwohl der Wert ihres Langzeitzuckers ständig schlecht war, war sie immer der Meinung die Werte seien gut. Ich müsse dies doch sehen.

Bei einem Landwirt mit Diabetes hatte ich auch so meine Mühe. Es war klar, man müßte ihn auf Insulin einstellen. Er

weigerte sich standhaft. Eines Tages fiel er vom Baum beim
Kirschenpflücken und mußte hospitalisiert werden. Im Krankenhaus machte man nicht lang Federlesen mit ihm, man
begann die Behandlung mit Insulin. Er wurde instruiert.
Freudig kam er wieder zu mir in die Sprechstunde. Seit er
seinen Diabetes mit Insulin behandle, gehe es ihm viel besser, er sei nicht mehr so müde, fühle sich viel vitaler und
leistungsfähiger. Ja, das wäre ja schon lange meine Idee gewesen.

Eine besondere Herausforderung stellte für mich die Betreuung und Behandlung von Pfarrherren, speziell katholischen
dar. Immer wieder gab es da grundsätzliche Diskussionen.
So sollte mir Pfarrer G. besonders in Erinnerung bleiben.
Mehrmals war ihm im Gottesdienst unwohl geworden, er
mußte sich am Altar während der Eucharistie festhalten. Mit-
tels Langzeit-EKG Aufzeichnung fanden wir rasch die Ursa-
che. Sie war mit einem Schrittmacher zu beheben. Das ging
ganz gut, weiterhin konnte es seinen Dienst versehen.

Mit verschiedenen weiblichen Gemeindemitgliedern pflegte
er enge Beziehungen. Als es zur Pensionierung kam, zog er
mit Frau A. zusammen, quasi als seine Pfarrköchin. Immer
sehr besorgt um ihn, schaute sie ihm gut. Als Priester mußte
er ja täglich eine Messe zelebrieren und den Meßwein trinken. Im höheren Alter stellte sich bei ihm ein Parkinsonsyn-
drom ein. Vieles wurde zunehmend beschwerlicher. Als
dann Frau A. verstarb, wechselte er in ein Alterspflegeheim.
Regelmässig kam er zu den notwendigen Schrittmacherkon-
trollen. Das Aggregat mußte denn auch mal ausgewechselt
werden.

Die Parkinsonerkrankung schritt voran. Pfarrer G. wurde
bettlägrig, konnte kaum noch etwas selbstständig tun. Das

Reden fiel ihm immer schwerer, der Speichel floß ihm aus
dem Mund, er konnte ihn nicht mehr schlucken. Bei einer
Kontrolle stellten wir fest, der Lebenszyklus des Schrittma-
cheraggregates war abgelaufen, er wäre zu ersetzen, dabei
kam der Schrittmacher nur sehr selten zum Einsatz. Inzwischen hatte sich sein Zustand so verschlechtert, daß eine
Kommunikation nicht mehr möglich war. Zusammengerollt,
wie eine Häufchen Elend lag er im Bett. Mit seinem Bruder
und zwei seiner Nichten – Kinder hatte er ja keine, Frau A.
seine nächste Bezugsperson war verstorben – machten wir
eine Auslegeordnung. Der Schrittmacher kam nur selten
zum Einsatz, Beschwerden, Schwindel oder etwas dergleichen hatte er nicht, oder konnte es uns nicht mehr mitteilen,
und so entschieden wir uns Herrn Pfarrer G. die sicher qual-
volle Operation die ein Schrittmachwechsel in seiner Situation bedeutet hätte, zu ersparen.

Als eine Ferienvertretung einmal den Patienten besuchte,
stellte sie fest, daß das Schrittmacheraggregat zu wechseln
wäre. Von der Abmachung dies nicht mehr zu tun, hatte sie
nichts mitbekommen. So leitet sie sofort die nötigen Schritte
ein, am nächsten Tag wurde der Eingriff vorgenommen. Sicher war dies eine grosse Plage, konnte Pfarrer G. doch
nicht mehr gestreckt auf dem Rücken liegen, er lag nur noch
zusammengekauert da. Nach erfolgreichem Eingriff wurde
der Patient zurückverlegt. Am nächsten Tag verstarb Pfarrer
G. In Gedanken sehe ich ihn vom Himmel winkend und la-
chend, was habt ihr da für einen unnötigen Eingriff gemacht
und Aufwand betrieben.

Ein Lehrer suchte mich wegen eines massiven Einbruchs
seiner Leistungsfähigkeit auf. Fast jede Bewegung war zu
viel, geistig war er aber hell wach. Bei der Untersuchung
stellte ich einen extrem tiefen Puls fest. Er hatte einen

sogenannten totalen Block, eine klare Indikation für einen
Herzschrittmacher. Ich wollte dies für spätestens den nächsten Tag organisieren. Da war der Lehrer aber total dagegen.
Am kommenden Wochenende sollte er für ein besonderes
soziales Engagement geehrt und mit einem Preis bedacht
werden. Es brauchte einen enormen Einsatz meinerseits ihn
zu überzeugen, daß er mit dem vorgängig eingesetzten
Herzschrittmacher die Feier viel besser und mehr geniessen
könnte. Die lokale, kleine Wunde würde ihn sicher nicht stö-
ren.

Wenige Tage später war der Festakt. Ich war ebenfalls zu-
gegen als Repräsentant eines Vereins. Stolz nahm der Lehrer die Auszeichnung entgegen. Beim anschließenden Um-
trunk mußte er mir Recht geben. Mit dem Schrittmacher
fühlte er sich wie neu geboren und war wieder «der Alte».
Gemeinsam genossen wir den Anlaß.

Inzwischen gab es nicht nur Schrittmacher bei zu langsa-
mem Puls, sondern auch Defibrillatoren bei Kammerflimmern oder Schrittmacher, die die Herzfunktion verbessern
sollten. Die Indikation für solche Aggregate stellte ich erst
nach sehr sorgfältiger Prüfung. Dies führte dazu, dass die
meisten von mir veranlaßten Geräte für die Patienten sehr
zur besseren Lebensqualität beitrugen.

Mit den Defibrillatoren war es nicht immer so einfach. Oftmals nach Herzinfarkten in Kliniken implantiert, in denen die
Patienten mit schwerwiegenden Herzrhythmusstörungen
aufgefallen waren. Einerseits waren es Patienten nach Herzinfarkten oder mit Herzmuskelerkrankungen. Wegen einer
solchen Herzmuskelerkrankung hatte Herr C. ein solches
Gerät eingepflanzt bekommen. Er war als Leiter einer Jugendgruppe tätig. Da kam es zu einer Schockabgabe mit

einer Gruppe Jugendlicher, gut für den Patienten, aber ein
einschneidendes Erlebnis für die Jugendgruppe.

Bei einem anderen Patienten kam es einmal zu sogenannten inadäquaten (d.h. unnötigen, fälschlicherweise ausgelös-
ten) Schockabgaben, und zwar mehrmals hintereinander.
Dies ist für die Patienten immer sehr unangenehm. So kam
er verzweifelt in die Praxis. Ich schlug ihm vor, das Gerät
auszuschalten. Er würde dann rasch eine Klinik aufsuchen
und dort ein neues Aggregat eingepflanzt bekommen. Anders war die Situation damals nicht zu lösen. Der Patient
hatte ursprünglich offenbar intensiv von der Notwendigkeit
überzeugt werden müssen und hatte entsprechend Angst er
würde während der Fahrt in die Klinik eine schwere Rhyth-
musstörung erleiden und wegen des ausgeschaltenen Defi-
brillators nicht die notwendige Behandlung bekommen. So
gut ich die Angst verstehen konnte, es gab damals keine andere Lösung. So rasch als möglich wurde die Verlegung or-
ganisiert. Nun, es ist alles gut gegangen und nach ein paar
Stunden hatte der überglücklich Patient wieder einen voll
funktionstüchtigen Defibrillator.

Der Weg zur Diagnose ist oftmals schwierig, über Umwege
kommt man auch ans Ziel, oder hinter vermeintlich einfach
erscheinenden Situationen verbirgt sich etwas ganz anderes. So war es bei einem Mann mit einem Beinbruch. Schon
sollte er mit einem Gips am Bein entlassen werden, als eine
Schwester den chirurgischen Assistenzarzt bat, den Patienten doch vorgängig noch einem Internisten vorzustellen. So
wurde ich gerufen. Nun wie war die Anamnese? Es handelte
sich um einen Bauarbeiter der in einer Baubaracke lebte.
Nachts wurde im übel, er ging hinaus und musste Erbre-
chen. Dabei wurde ihm so schlecht, dass er stürzte und sich
wie gesagt das Bein brach. Es war ihm trotz chirurgischer

Versorgung noch immer unwohl, auch spürte er einen Druck auf der Brust. Ich veranlasste ein EKG – und tatsächlich der Mann hatte einen Herzinfarkt. Erfolgreich konnte er behandelt werden. Ein Glück hat die Krankenschwester den richtigen «Riecher» gehabt und die sofortige Entlassung ohne weitere Abklärung verhindert. Hinter einer Fraktur kann immer auch ein Herzinfarkt lauern.

So war es auch bei Herrn F. Nach einer längeren Odyssee kam er zu mir in die Sprechstunde. Häufig hatte er Schmerzen im Kiefer. Er war deshalb beim Zahnarzt. Zunächst kein Loch, nichts Erkennbares. Mutig und kurz entschlossen schlug der Zahnarzt eine Wurzelbehandlung vor. Doch auch diese brachte keine Linderung. Bei meiner Befragung schilderte der Patient, daß die Beschwerden vor allem bei und kurz nach körperlicher Anstrengung auftraten. Tatsächlich beim Belastungstest traten die Beschwerden auch auf. Die weitere Abklärung ergab ein eingeengtes Herzkrankgefäß. Dies konnte behoben und mit einem Stent versehen werden. Die Kiefer bzw. Zahnschmerzen waren verschwunden.

Besonders ist mir ein Patient in Erinnerung geblieben, er war Orgelbauer von Beruf. Zunehmend war er in seiner Leistungsfähigkeit eingeschränkt. Die Untersuchung ergab einen Herzklappenfehler. Nach den notwendigen Untersuchungen wurde er damals den Herzchirurgen zur Operation vorgestellt. In der Wartezeit, die damals noch mehrere Wochen betragen konnte, kam der Herr nach einem Sturz wegen Schwindels (sicher im Rahmen des Herzklappenfehlers) in die Notfallstation. Er hatte sich den Arm gebrochen. Klassisch wäre es gewesen ihn zu operieren, denn die Frakturteile mussten wieder gerichtet werden, aber es stand ja die Herzoperation an und eine Operation ohne vorgängige Behebung des Herzklappenfehlers wäre ein zu grosses Risiko gewesen. Wie sollten wir vorgehen? Nun ganz einfach, die Herzoperation wurde als dringlich für den nächsten Tag triagiert. Ein Glück konnten wir dies im gleichen Krankenhaus veranlassen. Der Herzchirurg hat dann in der gleichen Narkose auch noch den Arm operiert. Die Behandlung von gebrochenen Beinen und Armen kann manchmal schon speziell und aufwändig sein. Als Dank hat der Orgelbauer nach seiner vollständigen Erholung mir zwei verbeulte Orgelpfeifen wieder gerichtet, sie hängen noch heute bei uns in der Wohnung an der Wand.

Bewußlose oder kaum ansprechbare Patienten die zur Aufnahme kamen, waren immer eine grosse Herausforderung. Waren sie intoxikiert? In suizidaler Absicht? Hatten sie eine Überdosis Heroin oder etwas ähnliches erwischt? Aufgrund der Umstände konnte man oftmals rasch eine Einordnung, eine Triage machen. So wurde eine junge Frau von der Sanität eingeliefert. Tags zuvor war sie wegen eines grippalen Infektes bei ihrem Hausarzt vorstellig geworden. Über Nacht trübte sich ihr Zustand zunehmend ein. Hier wurde sofort klar, dies könnte eine Hirnhautentzündung sein. Innerhalb einer halben Stunde ist es unserem Team gelungen bei der Patientin die erforderlichen Blutentnahmen, legen einer venösen Leitung, Lumbalpunktion (zur Gewinnung von Hirnflüssigkeit zur weiteren Untersuchung) und erster Antibiotikagabe durchzuführen. Dies kann nur in einem eingespielten Team gelingen, jeder weiß was er zu tun hat. Anschliessend wurde die Patientin zur weiteren Behandlung auf die Intensivstation verlegt. Dort hat sie sich erfreulich rasch erholt.

Als ich schon eine Zeit lang in der Praxis war, kam ein befreundeter Mann zur Untersuchung. Er schilderte mir seine Pläne. Er hatte einen kleinen Betrieb und wollte diesen

ausbauen. Einerseits waren die Pläne schon recht fortge-
schritten, andererseits gab es noch Probleme mit der Finan-
zierung. Seine Frau lebte auf recht grossem Fuß und stellte
Ansprüche die schlecht mit dem Ausbau des Betriebes in
Einklang zu bringen waren. Als Arzt war ich hier ein schlech-
ter Ratgeber. Die Untersuchung ging rasch von statten, auch
die gängigen Blutentnahmen ergaben nichts Auffälliges. In
der Anamnese hatte er jedoch von einem familiären Risiko
für Dickdarmkrebs berichtet. Dringend habe ich ihm zu einer
baldigen Dickdarmspiegelung geraten, eine vorgeschlagene
Überweisung wollte er nicht.

Die nächste Zeit sah und hörte ich nichts mehr von ihm, als
mir plötzlich ein gemeinsamer Bekannter berichtete er sei in
Scheidung. Da dachte ich mir die Pläne für den Betrieb dürf-
ten wohl kaum mehr realisierbar sein.

Nach einiger Zeit kam eine junge Frau zur Untersuchung. Im
Wartezimmer saß sie in Begleitung eines Mannes. Dieser
sah sehr schlecht und abgemagert aus. Ein jämmerlicher
Anblick. Kannte ich ihn? Ich konnte es zunächst kaum glau-
ben, es war der befreundete Mann. Was war geschehen?
Die Scheidung lief, sein Betrieb hingegen gar nicht, inzwischen war er an Dickdarmkrebs erkrankt und war als Folge
einer Operation und anschließender Chemotherapie in einem denkbar schlechten Allgemeinzustand. Wir vereinbarten uns zu einem Mittagessen zu treffen. Er erzählte mir –
Scheidung, Betriebsschließung, hoffentlich nur vorüberge-
hend - einzige Stütze die junge Frau mit der er sich näher
befreundet hatte.

Wir telefonierten gelegentlich, sein Zustand wollte sich nicht
wesentlich bessern. Einmal rief er mich an, wollte sich mit
mir verabreden, doch es kam nicht mehr dazu, wenige Tage

später las ich die Todesanzeige in der Zeitung. Es ging nicht lange bis ich im Amtsblatt vom posthumen Konkurs las, zudem haben die Erben das Erbe ausgeschlagen. Eine traurige Geschichte.

Über viele Jahre kam Herr K. zur regelmässigen Kontrolle. Er hatte einen Herzinfarkt erlitten und anschließend mußte er sich einer Bypass-Operation unterziehen. In einer Herzpraxis zunächst keine außergewöhnliche Geschichte. Bei Herrn K. war es jedoch anders. Eine seiner Schwiegertöchter hatte eine Niereninsuffizienz. Nach entsprechender Abklärung stellte sich heraus, daß Herr K. als Lebendspender in Betracht käme. Für Herrn K. war klar, dies mache ich für meine Schwiegertochter. Nichts deutete darauf, daß bei seinem Herz etwas nicht in Ordnung sein könnte. Eine bis dahin noch nicht erkannte Herzerkrankung. Während der Operation kam es zu einem Herzinfarkt. Welch ein Schock. In der Folge zeigten sich mehrere Verengungen an den Herzkranzgefässen, so daß die erwähnte Bypass-Operation notwendig wurde. Dem Patienten ging es in der Folge gut, leider erkrankte seine Frau an Altersdemenz und er war deshalb sehr gefordert. Der Sohn ließ sich von seiner Frau scheiden. Herr K. blieb aber in engem Kontakt mit der Schwiegertochter, die mit seiner Niere eine gute Lebensqualität hatte. Ich hatte immer grossen Respekt vor dieser edlen Haltung.

Vor einigen Jahren, es war kurz vor Weihnachten, kam ein Überweisungsschreiben mit ungefähr folgendem Inhalt: Schau doch mal bitte Herrn T. an, ich glaube nicht, daß er etwas am Herz hat. Eigentlich wollte ich zwischen Weihnachten und Neujahr ein paar Tage Entspannung einschieben, bei diesem jungen Mann, war mir aber nicht so wohl.

Wir gaben ihm einen Termin. Doch nun kam etwas Privates dazwischen, meine Mutter verstarb plötzlich.

Eine Woche vor ihrem Tod telefonierte ich noch mit meiner Mutter. Sie berichtete über neue Schmerzen in der Brust bei körperlicher Anstrengung. Ich sagte, sie habe eine Angina pectoris. Ihr behandelnder Arzt hatte ihr gesagt, daß EKG sei normal. Dies sagt in einer solchen Situation nichts meinte ich, sie müße einen Belastungstest machen. Auch dieser sei normal ausgefallen. Ich war immer noch der Meinung sie habe eine Angina pectoris. Da wir uns über Weihnachten sowieso treffen wollten, schlug ich vor wir würden dies dann gründlich miteinander anschauen. Doch soweit sollte es nicht mehr kommen. Am nächsten Tag fuhren meine Eltern in die Stadt, meine Mutter kaufte sich noch neue Schuhe. Der Weg vom Bahnhof nach Hause war schon sehr beschwerlich, mehrfach mußte sie stehenbleiben, dies obwohl die Straße nur leicht steigend war. Zu Hause angekommen setzte sie sich in einen Sessel, mein Vater wollte ihr ein Glas Wasser aus der Küche holen, sie rief ihn noch und verstarb. Ja, sie hatte einen Sohn der Kardiologe war, aber er konnte ihr nicht rechtzeitig helfen.

Am Tag als die Konsultation des Herrn T. hätte stattfinden sollen, war die Beerdigung und somit mußte der Termin verschoben werden. Wenige Tage später wurde ich orientiert, der Patient habe inzwischen einen Herzinfarkt erlitten und liege mit einem sogenannten Kardiogenen Schock im Spital.

Rund vier Monate später kam Herr T. nun zur Konsultation. Er hatte mit allen Schwierigkeiten den kardiogenen Schock überlebt. Er war schwach, hatte kaum noch Muskeln, konnte mit Unterstützung nur wenige Schritte gehen. Mit intensivem Training konnte sein Zustand langsam verbessert werden.

Er war Autospengler von Beruf und hatte einen kleinen Betrieb. Er wollte wieder arbeiten, aber nach seiner langen Abwesenheit hatten seine Kunden inzwischen ihre Aufträge anderweitig vergeben. Auch konnte er höchstens einen halben Tag zunächst arbeiten und das nicht mit dem notwendigen Tempo.

Die ganze Situation machte ihm sehr zu schaffen. Er hatte ja noch eine junge Frau und zwei kleine Kinder. Er fühlte sich nicht mehr als vollwertiger Mensch. Für sein Herz, daß als Folge des Infarktes und kardiogenem Schock in seiner Pumpfähigkeit deutlich eingeschränkt war, mußte er zahlreiche Medikamente einnehmen. Objektiv halfen diese, Herr T. konnte nur seine Einschränkung sehen. Wir diskutierten die Bedeutung der Medikamente, auch die Dosierung, er wollte unbedingt weniger einnehmen. Offenbar reichte meine Überzeugungsarbeit nicht. Er setzte alle Medikamente ab, wie mir seine Frau nach seinem Tod, der als Konsequenz rasch eintrat, später erzählte.

Patientenverfügung

Mit diesem Thema mußte ich mich auch immer wieder mal befassen. Wie sollen dies Patienten ausfüllen, wenn ich selbst dies für mich kaum entscheiden könnte. Ich war auch immer der Meinung, dies sei nicht wirklich eine gute Sache. Wie kann ich als gesunder Mensch entscheiden, eine Nierenwäsche würde ich machen lassen, einen Luftröhrenschnitt hingegen nicht, Antibiotika bei einer Lungenentzündung ja, aber wenn ich halbseitengelähmt bin und nicht mehr in der Lage geistig zu kommunizieren, nein. So habe ich selbst keine, obwohl Patienten solche bei mir in der Praxis hinterlegt hatten.

Bei schwierigen Entscheidungen über irgendwelche Maß-
nahmen, entscheidet in der Regel nicht eine Person alleine.
Ärzte besprechen sich, ziehen die Pflegepersonen und die
Angehörigen in den Entscheidungsprozess mit ein.

Herr B. hatte keine Patientenverfügung. Er mußte sich einer
schwierigen Herzoperation unterziehen. Im Verlauf kam es
zu diversen Komplikationen. Alle Details will und kann ich
gar nicht mehr aufzählen. Auf der Intensivstation war Herr B.
nahezu drei Monate. Wegen eines Schockzustandes kam es
in der Folge zu einem Nierenversagen, er mußte an die Dia-
lyse. Auch die Lunge machte nicht mehr mit, er mußte beatmet werden. Damit dies besser ging, wurde ihm ein Luftröhrenschnitt verpaßt. Langsam konnte er wieder selber atmen,
die Nieren setzten mit ihrer Tätigkeit wieder ein, kurzum er
erholte sich.

Bei jeder Konsultation in den folgenden Jahren sagte mir
Herr B. zur Begrüßung: Ich bin so froh habt ihr das gemacht
für mich. Hätte er in einer Patientenverfügung festgehalten
kein Nierenersatzverfahren zu wollen oder keine längere Beatmung, er wäre verstorben. So konnte er das Leben mit
Freude noch geniessen.

6. Das Gesetz – drei Punkte – Tod den Bullen – im Milieu

Vor allem in der Medizinischen Poliklinik kommt man in Kontakt mit Menschen aus allen Schichten. Wir waren angehalten immer eine vollständige Anamnese zu erheben. Diese sollte nicht nur den gesundheitlichen Teil beinhalten, sondern auch den sozialen und persönlichen. Eigentlich hätten wir sogar fragen müssen wie viele Zimmer die Wohnung hätte und was sie kosten würde etc. Nun den Beruf, den Zivilstand, Anzahl der Kinder, dies habe ich schon erfragt, darüber hinaus ging ich jedoch meist nicht.

Ein stark übergewichtiger Patient ist mir sehr eindrücklich in Erinnerung geblieben. Er war Gefängnisinsasse, seinen Beruf nannte er mir nicht. Hier war ich entsprechend diskret und habe nicht weiter gebohrt. Wegen seines hohen Blutdrucks etc. musste er regelmässig zu mir in Kontrolle kommen. So entwickelte sich mit der Zeit doch ein gewisses Vertrauensverhältnis. So war ich einmal sehr überrascht als er mir ein kleines Geschenk, nett verpackte Schokolade, mitbrachte.

Nun wollte ich doch etwas mehr über ihn wissen, warum er im Gefängnis einsitzen müsse. Er gab mir zur Antwort, er habe sich überlegt, wie er möglichst rasch zu viel Geld kommen könne. So ist er in den Drogenhandel eingestiegen, selbst hat er keine Drogen angelangt. Dies war in der Zeit als noch die offene Drogenszene den Platzspitz beherrschte. Details erzählte er mir nicht, er war wohl einer der Hintergrundmänner in einem Drogenring. Er musste aufgeflogen sein, sonst sässe er ja nicht im Gefängnis. Reue

zeigte er keine, auch war ihm das Schicksal der Drogen-
süchtigen eigentlich ganz egal.

Erschüttert hat mich dann aber doch, als er mir zu erkennen
gab, dass er die Urlaube für den Arztbesuch in der medizinischen Poliklinik benutzte, um in einem Kaffee alte oder auch
neue Bekannte zu treffen. Wozu diese Treffen waren, hat er
mir natürlich nicht explizit erzählt, aber ich konnte eins und
eins zusammenzählen. Hätte ich dies melden müssen? Nun
ich unterstand ja der Schweigepflicht und von einer direkten
kriminellen Handlung, welche Leib und Leben bedrohen
würde, wusste ich ja nichts.

Hatte er drei Punkte am Daumengrundgelenk, an der Tabati-
ère? Ich weiss es nicht, weiss auch nicht mehr wer mir erklärte wofür die stehen würden. Ich wurde aufgeklärt, mit
diesen drei Punkten im Dreieck, eintätowiert, gebe man zu
erkennen man sei mit dem Gesetz in Konflikt geraten. So
stehen sie für den Satz: Tod den Bullen. Man will sich ja ab-
grenzen. Ich bin mir nicht so sicher ob dies alles beinhaltet,
oder ob noch andere Interpretationen möglich sind.

Regensdorf ist die grosse Strafanstalt vor den Toren Zürichs.
Als Studenten hatten wir die Gelegenheit dort Einsicht zu
nehmen. Wir konnten einen kurzen Blick in eine Zelle wer-
fen, sahen auch das Essen welches den Inhaftierten auf einem Blechteller serviert wurde. Wir empfanden es nicht gerade appetitanregend. Als wir anschliessend zur Diskussion
mit dem Leiter in einen edlen Aufenthaltsraum geführt wurden, und uns dort eine reich bemessene und dekorierte kalte
Platte serviert wurde, spürten wir die Unterschiede hautnah
und am eigenen Leib.

Ein anderer Patient wollte auch viel, leicht und schnell Geld
verdienen. Er kaufte sich ein älteres Haus. Unten war eine

sogenannte Kontaktbar eingerichtet. In den oberen Stock-
werken konnte er einzelne Zimmer vermieten. Er vermietete
sie an, wie er sagte, seine Mädchen. Sie waren nicht bei ihm
angestellt, waren jedoch angehalten mit Gästen in der Bar
möglichst den teuren Champagner zu trinken. Wenn sie
dann mit vereinzelten Gästen sich in ihr Zimmer zurückzo-
gen, so war das nicht seine Sache. Das ging nur jene zwei
etwas an. So verdiente er am Ausschank und an der Miete.
Die Mieterinnen waren jeweilen nur für wenige Monate da,
dann wurde die Crew wieder ausgewechselt. Manche kamen nach einer gewissen Zeit wieder.

Als er genug verdient hatte, liess er das Haus abreissen,
stellte ein neues auf und vermietete ganz normale Wohnun-
gen. Aufgrund der Lage und des Ortes, waren die Mietzinse
entsprechend hoch. So konnte er sich ein bequemes, sor-
genfreies Leben leisten.

Von Frau W. erfuhr ich auch so einiges aus dem Milieu. Mit
Beziehungen hatte sie offenbar mehrfach Pech gehabt. Vom
Kindsvater trennte sie sich wegen seines übermässigen Al-
koholkonsums. Auch weitere Beziehungen hatten keinen Bestand. So liess sie sich mit einem jüngeren Mann ein. Dieser
war jedoch drogenabhängig. Sie umsorgte ihn und war für
ihn da. Ja es ging so weit, dass sie für ihn die dringend notwendigen Drogen abholte. Er war ja bei der Polizei längstens bekannt und mußte entsprechend aufpassen. Prompt
wurde sie bei der Übergabe erwischt. Sie kam in Untersu-
chungshaft. Die Zelle, ein Raum nur Beton, einschließlich
des Bettes, sowie eine Einrichtung zur Verrichtung der Not-
durft. Einige Zeit war sie so in Isolationshaft. Sie hörte Männer in Nachbarzellen schreien, es war fast nicht auszuhalten. Obwohl sie selbst nicht drogenabhängig war, war die
Menge Drogen, die man bei ihr gefunden hatte, so groß, daß

sie als Drogenkurier betrachtet wurde und zu einer längeren Haftstrafe verurteilt wurde.

Die Strafe musste sie in Hindelbank (Frauengefängnis) absitzen. Dort sitzen Frauen ein mit Gewaltdelikten aller Art. Es war für sie sehr belastend zu erleben wie junge Frauen teils mit kleinen Kindern dort sein mußten. Die Stimmung unter den Frauen war sehr verschieden. Teilweise entspannt, aber andererseits auch sehr aggressiv und roh, auch ordinär. Da es sich bei ihr nicht um so einen schweren Fall handelte, durfte sie im Sinne einer Rehabilitationsmaßnahme in einem auswärtigen Café arbeiten, ja sie bekam auch Urlaub für ihre Arztbesuche bei mir. Sie schätze es bei mir erzählen zu können, ich hörte, so gut es ging, wertneutral zu.

Sie hatte an verschiedenen Orten gearbeitet, unter anderem als Serviceangestellte in Restaurants aber auch in Bars. Sie kannte die Verhältnisse sehr genau. Sie habe nur serviert und an der Bar gearbeitet. Ob es wahr war oder nicht, das mußte ich nicht wissen. Auch sie erzählte von den «Mädchen» oder Tänzerinnen die meist aus dem Ausland gekommen waren, oft jung, gebildet und obwohl aus dem osteuropäischem Raum stammend, gut Deutsch sprechend. Ziel dieser Frauen war es, über ihren Körper möglichst mit einem reichen Mann in Kontakt zu kommen, der sie dann heiraten würde. Um dieses Ziel zu erreichen, achteten die Frauen sehr genau darauf mit welchen Kreditkarten die Männer bezahlten. Waren es gewöhnliche, war das Interesse gering, bezahlte aber einer mit einer Platin- oder Goldkarte, so konnte es sich lohnen sich anzustrengen, sich an die Männer ran zu machen. Wie erfolgreich die Frauen dabei waren, weiß ich natürlich nicht.

Hatten wir an der medizinischen Poliklinik Nachtdienst, so mussten wir die Patienten in einem Zimmer ganz am Rand der Abteilung sehen. Wir sassen in der Ecke, der Patient gegenüber und zwischen uns war das Bett, daß heißt wir mußten am Patienten vorbei, sollten wir das Zimmer verlassen müssen. Ausführlich schilderte mir ein Patient seine Beschwerden. Er stand auf, ging umher, fuchtelte herum. Plötzlich fragte er mich was ich tun würde, würde er mich bedrohen würde – wie gesagt einen Fluchtweg hatte ich keinen. Er griff in seine Hosentasche und zog scheinbar ein Stellmesser hervor. Zunächst starr was passieren würde, beobachtete ich ihn. Er nahm es, er klappte es auf fuchtelte mit dem vermeintlichen Messer vor meinen Augen und meinem Gesicht – doch was kam zum Vorschein? Ein Kamm. Er fuhr sich damit durchs Haar und hatte sichtlich Freude mich so erschreckt zu haben. Es war sehr unangenehm. Wegen solcher Vorfälle weigerte sich eine Kollegin fortan Dienst zu machen, ich habe sie sehr gut verstanden. Ich glaube nach solchen Vorfällen wurde dem diensttuenden Arzt dann eine Notfallglocke abgegeben – war ja auch wohl das Geringste.

Einmal kam spät abends ein jüngerer Patient und klagte über heftigste Schmerzen, kolikartig, in der Lende. War es eine Nierenkolik? Ich schickte ihn zum Wasserlösen. Tatsächlich brachte er blutigen Urin. Ich wollte ein Schmerzmittel verordnen, der Patient war im Schwesternzimmer. Wie er es fertig brachte ist mir bis heute unklar, er war am Medikamentenschrank, entwendete opiathaltige Schmerzmittel und war nicht mehr gesehen. Offensichtlich kannte er die Verhältnisse sehr genau, denn wie sich später herausstellte, war dies nicht seine erste fingierte Nierenkolik gewesen.

7. Insulin und der Armenier

In meiner Zeit (1987-1989) im Ambulatorium der medizinischen Poliklinik mußten wir die verschiedensten Patienten betreuen. Regelmäßig waren auch Menschen dabei, die aus fernen Ländern in die Schweiz gekommen waren und um Asyl suchten. Mit meinem eigenen Hintergrund, war ich an den Geschichten dieser Menschen immer sehr interessiert, offen und hatte auch Zeit ihnen zu zuhören.

Besonders in Erinnerung ist mir ein Armenier aus dem Iran geblieben. Ein junger, Intelligenter Mann, ich glaube er hatte eine Ingenieurstudium absolviert. Er sprach sehr gut Englisch und so konnten wir uns gut verständigen. Er war verheiratet, Kinder hatte das Paar noch keine.

Damals gab es eine recht grosse Gruppe von Armeniern. Alle hatten das Ziel nach Kalifornien weiter «zu reisen». Sie stellten entsprechende Anträge und wurden im Prüfverfahren von einer Vertrauensärztin untersucht.

Dieser junge Herr hatte ein Handicap. Er war Diabetiker und wußte genau mit dieser Diagnose würde er von der amerikanischen Einwanderungsbehörde niemals akzeptiert werden. Wie erwähnt, er war sehr intelligent und beherrschte seinen Diabetes mellitus perfekt, war immer ausgezeichnet eingestellt. Etwas vereinfacht ausgedrückt bestand meine Aufgabe darin ihn mit Insulin zu versorgen und ihm ein Ansprechpartner für seine Sorgen zu sein.

Aufgrund seines Antrages, die Diagnose Diabetes mellitus hatte er wohl verschwiegen, und seiner Qualifikationen kam er in den Kreis der zu Prüfenden für eine Aufnahme in die

USA. Ich war gespannt, würde er es schaffen bei der Vertrauensärztin, die ich eigentlich kannte, seine Erkrankung zu verschweigen und sie würde es nicht merken. Tatsächlich, die Laborwerte perfekt, Einstichstellen mit allfälligen Hämatomen hatte er nicht, er erhielt die Zusage.

Ich wußte nun von seinem Problem, er brauchte genügend Insulin und Material für die erste Zeit, damit nicht eine nachträgliche Entdeckung zu einer Annulation geführt hätte.

Da kam mir ein guter Zufall zu Hilfe. Wir hatte inzwischen ein sehr nettes Verhältnis aufgebaut, er hatte Vertrauen in mich. Es war selbstverständlich, daß ich ihn im Rahmen der Möglichkeit mit genügend Material und Insulin ausstattete.

Der junge Mann war mir sehr dankbar. Am Abend vor der Abreise luden er und seine Frau zu einer grossen Abschiedsparty, ich war auch eingeladen. Dankend nahm ich an. Die Stimmung war speziell, mehrheitlich junge Armenier mit dem gleichen Schicksal, die auf eine Aufnahme in die USA hofften. Alle freuten sich für die zwei die es geschafft hatten, gleichzeitig hofften sie aber auch sehr demnächst ausgewählt zu werden.

Zu einer Einladung bringt man in der Regel ein Geschenk mit. Ich mußte nicht lange überlegen was hier das Richtige sein würde. Ich ging in eine Apotheke und kaufte einige Ampullen Insulin, ich wußte ja welches er brauchte. Die Dankbarkeit und die strahlenden Augen sind mir geblieben.

8. Früher ein hoher Beamter beim Shah von Persien – und nun auseinander gerissene Familie

Nach drei Jahren in der kardiologischen Abteilung des Universitätsspitals wechselte ich an die medizinische Poliklinik, um die Facharztausbildung Innere Medizin zu vervollständigen. Eine Poliklinik zeichnete sich dadurch aus, daß sie für alle offen ist; für alle aus der Stadt, deshalb heißt sie ja gerade Poliklinik (von polis – die Stadt). Dort kamen Patienten aus allen sozialen Schichten, Kulturkreisen und verschiedensten Herkünften. Dabei waren Fahrende, Ladenbesitzer, Gartenbauunternehmer und auch Menschen aus fernen Ländern. Die Menschen hatten die verschiedensten Krankheiten, sprachen verschiedenste Sprachen. Dies war interessant, lehrreich aber oft auch herausfordernd.

Am Schalter mußten wir Assistenzärzte die vorbereiteten Krankengeschichten fassen und dann die Patienten im Wartesaal aufrufen. Dies ging nach dem Zufallsprinzip, man wußte nie was auf einen zukommen würde. War es ein Patient mit einer chronischen Krankheit, war es ein Patient mit Beschwerden, der sich Linderung nach einer Diagnose und anschließender Therapie erhoffte. Besonders freute ich mich, wenn ich Patienten mit Herzerkrankungen zugwiesen bekam. Sie waren bei mir als damals schon fertig ausgebildetem Kardiologen am richtigen Platz.

Eines Tages meldete sich ein älterer Herr, schlank bis leicht untergewichtig, auf mein Aufrufen. Er hatte einen fremdländischen Namen. Seine erste Frage lautete entsprechend, ob ich Englisch sprechen würde. Dies sollte bei mir kein Problem sein.

Wir legten los mit der Anamneseerhebung – nicht alles was ich nun schreiben kann, konnte im ersten Kontakt erhoben werden, sondern ergab sich im Laufe einer mehrjährigen Behandlung/Betreuung und Patientenbeziehung.

Zu Zeiten des Shah Regimes war Herr HDS ein angesehener hoher Beamter in der Regierung. Er hatte eine koronare Herzkrankheit und konnte sich somit in besseren Zeiten in Houston, USA durch Prof. D. Cooley (damals einer der anerkanntesten Herzchirurgen) einer Behandlung (Bypassoperation) unterziehen. Nun unter dem neuen Mullah Regime war er als Armenier und Christ im Gottesstaat in Ungnade gefallen, es war kein Platz mehr für ihn. Die Familie mußte fliehen. Mit seiner Tochter landete er in Zürich, die Mutter mit dem Sohn, wie so viele Perser, in Kalifornien. Die Familie war gegen ihren Willen getrennt, ja auseinandergerissen.

Gesundheitlich, also «Herzmässig» ging es Herrn HDS soweit gut, aber in Zürich war er nun ein gebrochener Mann. Was ihm blieb waren Zigaretten und Whisky, wahrscheinlich nicht wenig von beidem. Zu tun gab es für ihn nichts, an eine vernünftige Kontrolle der Risikofaktoren war leider nicht zu denken. Zwei Dinge waren ihm wichtig. Seine Tochter sollte eine gute schulische Ausbildung bekommen, und wenn möglich, möglichst bald wieder mit ihrer Mutter und ihrem Bruder zusammenkommen können.

Mit seiner Tochter lebte er in einer kleinen 1 ½ - Zimmer Wohnung. Er war introvertiert, ja etwas kontaktscheu, an eine Integration war nicht zu denken. Seine Tochter besuchte die Schule und konnte schnell Deutsch lernen. Der Übertritt in die höhere Schule gelang jedoch erst nach scheinbar unüberwindbaren Schwierigkeiten. Das schweizerische Schulsystem ist da wenig flexibel. Schlußendlich klappte es jedoch und für Herrn HDS sollte es eine kleine Freude im tristen Alltag sein.

Blieb noch das zweite Thema. Annie litt, wie mir Herr HDS versicherte, sehr darunter von ihrer Mutter getrennt zu sein. Das dem auch bei ihm so war, verschwieg er. Um der Tochter – inzwischen ein junger Teenager – zu ermöglichen die Mutter zu besuchen, gab er ihr den Rat zu behaupten die Eltern hätten sich getrennt – was so ja eigentlich nicht der Wahrheit entsprach. Aus sogenannten familiären Gründen bekam die Tochter ein Kurzvisum für Kalifornien und konnte somit die Mutter besuchen. Es tat Herrn HDS außerordentlich weh, nur über diesen Weg Annie dies zu ermöglichen. Das Ziel von Herrn HDS blieb jedoch weiterhin, wenn irgend möglich, die Familie wieder zusammen zu führen.

Medizinisch betreute ich Herrn HDS nach den Regeln der Kunst, aus kardiologischer Sicht war die Situation stabil, er hatte keine Beschwerden, das Rauchen konnte ich ihm nicht ausreden. Nichts desto trotz entwickelten wir eine sehr nette «Patienten-Arzt-Beziehung». Es zeichnete sich mein Ende des Arbeitsverhältnisses an der Poliklinik ab. Es kam in meiner Karriere äusserst selten vor, daß ich einen Patienten zu mir nach Hause eingeladen habe. Herr HDS war mir nun aber so wichtig geworden, daß ich ihn mit seiner Tochter privat einlud. Auch wollte ich ihm ein klein bißchen Normalität in seinen doch sehr tristen Alltag geben.

Zum vereinbarten Zeitpunkt kam ein Gentleman im Anzug mit Gilet und Krawatte, er brachte Konfekt von Sprüngli mit, auch die Tochter war fein angezogen. Was wir zum Essen vorbereitet hatten weiß ich natürlich nicht mehr, aber wir konnten ungezwungen reden, wir konnten zuhören und auch Informationen über Persien bekommen. Es war für uns ein wertvoller Abend, Herr HDS konnte einen kleinen Einblick in eine Familie in der Schweiz mit damals noch zwei kleinen Kindern bekommen.

Nun wechselte ich das Krankenhaus und war fortan in einer leitenden Funktion tätig. Eine Angestellte im Postbüro kannte Herrn HDS und seine Tochter Annie. So wurden von Zeit zu Zeit Grüße ausgetauscht. Ich freute mich sehr als nach einer gewissen Zeit die Postangestellte mir erzählte, daß Herr HDS und seine Tochter ausgezogen seien, sie hatten die Einreisebewilligung für die USA bekommen und somit ging der Wunsch von Herrn HDS die Familie wieder zu vereinen in Erfüllung. Wie freute ich mich über diese Entwicklung.

Nach etwa zwei oder drei Jahren war ich an einem Herzkongress in Los Angeles. Ich wußte, daß die Familie dort in der Nähe wohnen mußte. Ich nahm das Telefonbuch zur Hand und wurde fündig. Sofort rief ich an. Die Verständigung war zunächst schwierig, ob sich Annie wirklich noch an mich erinnerte, ich war mir da nicht so sicher. Deutsch konnte sie nicht mehr so gut. Nachdem jedoch klar war wer ich war, erzählte mir Annie wie ihr Vater sehr froh und glücklich war, daß die Familie schlußendlich wieder zusammenkommen konnte. Leider war er einige Monate zuvor an einem Bauchaortenaneurysma verstorben. So konnte er mir das Ende beziehungsweise die Fortsetzung seiner Geschichte nicht mehr selbst erzählen.

9. Danke – früher und heute

Als Assistenzarzt bekam man nur selten eine Anerkennung für seine Arbeit, von den Vorgesetzten schon gar nicht. Gelegentlich konnte man in Todesanzeigen von Patienten die auf der Station verstorben waren, ein Dank an den behandelnden Stationsarzt lesen. Doch mit Patienten mit denen man eine etwas längere Beziehung aufbauen konnte, kam es schon mal vor, daß man einen Geschenkgutschein bekam, ja einmal sogar ein paar Briefmarken.

Ganz besonders blieb mir der Angehörige einer Patientin mit einem Hirntumor in Erinnerung. Er lud mich mit meiner Frau und seiner Frau zu einem feinen Nachtessen ein. Seine Schwägerin verstarb leider, wir blieben jedoch noch eine gewisse Zeit in einem lockeren Kontakt. Als dann Miriam geboren wurde und er dies mitbekommen hatte, schenkte er ein Goldvreneli für die Tochter. Ob Miriam diese Münze von ihrer Mutter bekommen hat?

An der medizinischen Poliklinik betreute ich eine Patientin mit einer Hyperthryreose (Schilddrüsenüberfunktion). Sie hatte einen leichten Exophthalmus, der sie sehr störte, entwickelt. Ich sprach ihr gut zu, es bestehe eine gute Chance, daß dieser sich unter Behandlung zurückbilden würde. Als ich die Betreuung abgeben mußte, ich wechselte die Stelle, schenkte sie für meinen Sohn einen Bausatz von Lego.

Ein anderer Patient mit einem Lymphom war sehr schwierig zu führen. Auf die erste Chemotherapie sprach er sehr gut an. Er wollte die Therapie vorderhand nicht fortsetzen. Er reiste nach Afrika. Als er von seiner Reise zurückkam, brachte er mir ein Bild von einem lokalen Künstler mit

Schiffen auf dem Meer als Geschenk für mich mit. Farblich
abgestimmt habe ich es rahmen lassen, lange hing es im
Hausgang.

Herr Y. war ein japanischer Geschäftsmann. Er stand wegen
einer Krankheit längere Zeit in meiner Behandlung. Eines
Tages bemerkte er wie wir auf grosse Platten diktieren
mussten, diese dann der Sekretärin weiterleiteten zum
Schreiben. Er war entsetzt, an einer Universitätsklinik so alt-
modische Arbeitsinstrumente vor zu finden. Als seine Behandlung zu Ende ging, schenkte er mir ein kleines Ka-
settentonbanddiktiergerät, wie sie damals neu auf den Markt
gekommen waren. Leider konnte ich es nicht einsetzen, die
Sekretärinnen hatten ja nicht die entsprechenden Abspielge-
räte. Die Geste aus Dankbarkeit hat mir aber Eindruck gemacht.

Später als Oberarzt waren Geschenke sehr unüblich. Man
hatte auch nicht eine so innige Beziehung zu den Patienten
auf den verschiedenen Stationen.

Ganz eine andere Erfahrung als ich Mitte der Neunziger
Jahre eine private Praxis eröffnete. An Weihnachten gab es
Weine, Spirituosen, ja Eier und auch ein Schinken etc. Da
ich nur selten Spirituosen trinke, hatte ich noch Reserven für
Jahre, sogar bei der Pensionierung hat es noch ungeöffne-
ten Träsch etc.

Ein besonderes Erlebnis war, als mich ein Patient einlud mit
ihm eine Wanderung zu machen. Wir trafen uns an einem
Nachmittag. Es war die Zeit im Frühling, die Wanderer waren noch kaum unterwegs, das Vieh noch nicht auf den Alpen. So unternahmen wir eine Wanderung und konnten
zahlreiche Gämse beobachten; dies war ja auch der Anlaß
für die Wanderung.

Über das Fischessen aus Dankbarkeit berichte ich in meinen Gedanken zur Alternativmedizin.

Mit der Zeit nahmen diese Gepflogenheiten ab. Zumal als Spezialarzt kommen die Patienten oftmals ein oder zweimal; sie sind in stetiger Betreuung bei ihrem Hausarzt. So prägte sich ein Herr, der in meiner Nachbarschaft lebte, in meiner Erinnerung besonders ein. Einmal brachte er aus Dankbarkeit eine Flasche Champagner, ein andermal als er zur Jahreskontrolle kam (er hatte eine künstliche Herzklappe bekommen) brachte er zwei Flaschen wunderbaren Weines.

Es gab da aber auch den Patienten, der jedes Mal zur Konsultation eine Tafel Schokolade mitbrachte, oder die Patientin die jedes Mal aktuelle Früchte mitbrachte. Auch gab es immer wieder mal Patienten die, wenn sie morgens kamen, Gipfeli brachten, nachmittags waren es dann eher kleine Törtchen oder dergleichen.

Eine ältere Patientin brachte immer wieder Konfekt mit. Sie kam immer mit ihrem Auto. Mehrfach berichtete sie wie sie mal einen Pfeiler in der Tiefgarage streifte, mal wie sie leicht in einen Zahn fuhr etc. Bei starkem Regen sah sie den Randstein nicht und touchierte die Abschrankung. Die Schäden am Auto waren immer nur sehr klein, finanziell war die Dame gut gestellt, es machte nicht so viel aus. Jedes Mal bei den Konsultationen versuchte ich ihr klar zu machen, daß es besser sei wenn sie ihren Führerausweis abgeben würde und auf das Autofahren verzichten würde. Insbesondere wäre es besser sie würde dies aus eigenem Anlaß tun und nicht erst wenn etwas Schlimmeres passiert sein würde und ihr von den Gesetzeshütern der Ausweis abgenommen würde. Endlich sah sie es ein. Von da an erzählte sie mir bei jeder Konsultation: sehen Sie, weil ich nicht mehr fahren darf und kein Auto mehr habe, kann ich Ihnen keinen Konfekt mitbringen. Habe mich also um meine Dankesgeschenke selbst gebracht.

Einmal wurde mir eine Patientin mit sehr unspezifischen Symptomen zugewiesen. Ich war mir über die Diagnose sehr im Unklaren. Nun bei einem Kardiologen gehört der Belastungstest quasi zur Routineuntersuchung. So führte ich diese bei der Patientin durch. Ich beobachtete sie genau, nicht nur die üblichen Paramater wie Blutdruck, EKG-Veränderungen etc. Kurz nach Belastungsende sah ich wie die Patientin im oberen Brustbereich plötzlich eine Rotverfärbung der Haut bekam. Diese Veränderung war ungewöhnlich. Die Patientin meinte jedoch, dies trete bei ihr gelegentlich auf. Nun war ich aufmerksam geworden und veranlaßte weitere Untersuchungen. So konnte ich die seltene Diagnose eines Dünndarmcarcinoids stellen. Im ersten Gespräch war ich mir selbst über die Konsequenzen noch nicht so ganz im Klaren. Die Patientin reagierte leicht aggressiv gegen mich. Mir war aber voll bewußt, daß diese Reaktion nicht auf mich als Person gemünzt war, sondern auf die Krankheit und deren noch nicht absehbare Folgen, ausgerichtet war.

Ich habe die Patientin zur weiteren Abklärung an einen guten Kollegen überwiesen. Nach Computer Tomographie war rasch klar sie mußte operiert werden. Ihr wurde in einer schwierigen und aufwendigen Operation zunächst der Tumor (der Dünndarm) sowie ein Teil der Leber mit Metastasen entfernt. Es kam zu Komplikationen mit Nachblutungen etc. Da ich in der Klinik tätig war in der die Patientin operiert worden war, habe ich ihr einen Besuch abgestattet und mit ihr gesprochen. Inzwischen hatte sie durch die zahlreichen Gespräche mit anderen Ärzten gemerkt, was für eine seltene Krankheit sie hatte, so war sie froh, daß diese gefunden worden war. Nach einigen Monaten mußte sie erneut operiert werden, es hatte noch weitere Lebermetastasen, so daß ein weiterer Teil der Leber entfernt werden mußte, dies nachdem die Leber sich nach der ersten Operation wieder regeneriert hatte.

Über ein halbes Jahr nachdem die Patientin das erste Mal zu mir gekommen war, meldete sie sich in meiner Sprechstunde an, sie sagte jedoch sie wolle keine Konsultation. Sie erhielt einen Termin am Ende der Sprechstunde. Sie hatte sich von all den Strapazen erholt und fühlte sich wieder gut. Sie kam und bedankte sich für die Diagnosestellung und rasche Weiterleitung. Als Dank packte sie ein Geschenk aus für mich. Es war eine Teedose mit Darjeelingtee. Ich weiß nicht woher sie wußte, daß ich ein Teetrinker bin. Ich halte die Dose in Ehren und fülle sie immer wieder mit Darjeelingtee nach. Soviel ich weiß blieb die Patientin mindestens fünf Jahre rezidivfrei.

Dank kann man nicht nur mit Wein, Spirituosen oder Schokolade ausdrücken. Nein es gibt auch andere Möglichkeiten. Quasi vor der Haustüre liegen doch die Berge des Wägitals. Obschon sportlich aktiv und auch gerne in der Natur, hatte ich sie nie bestiegen. Mehrfach war ich schon um den Wägitalsee gejoggt, auch mal mit Albin auf die Schwarzenegg gestiegen, ja sogar mal bis zur Höhfläschenhütte und dabei den Wald mit Heidelbeeren, die ich mir munden ließ, durchquert.

Ein mir seit vielen Jahren bekannter Patient, dessen Familie und größere Verwandtschaft ich alle kannte, mußte wieder eine Herzkatheteruntersuchung haben. Diese verlief äußerst erfolgreich. Der Patient stammte aus dem Wägital. Im

Gespräch erwähnte ich, daß ich noch auf keinem der Wägi-
taler Berge gewesen sei. Da meinte er, er würde mit mir als
Dank auf den Zindlenspitz (2097 müM) steigen. Gesagt getan. So machten wir uns nach etwa einem Monat auf den
Weg. Über den schmalen Grat kurz vor dem Gipfel konnte
ich gut balancieren. Welch ein Gipfelerlebnis, welch eine
Aussicht auf die umliegenden Berge, die Seen. Ein wunder-
schönes Erlebnis.

10. Reanimationen

1978 machte ich nach 6 Studienjahren das Staatsexamen. Es war eine strenge Zeit, musste man doch innerhalb von fünf Monaten insgesamt sich in 17 Teilprüfungen prüfen lassen. Im Durchschnitt gab es somit jede Woche eine Prüfung, teilweise schriftlich, teilweise mündlich. Manchmal waren die Abstände zwischen den Prüfungen kurz, andere Male waren die Abstände etwas länger, sodaß man sich in der Zwischenzeit nochmals intensiv vorbereiten konnte. Eine solche Zeit übersteht man nur, wenn man die karg bemessene Erholungszeit oder Freizeit auch intensiv nutzt. In dieser Zeit habe ich ungewöhnlich oft das Kino besucht, aber auch regelmässig Sport betrieben.

Als ich damals das Staatsexamen machte, gab es in der Inneren Medizin zwei praktische Fälle zu lösen oder zu besprechen. Einer war der sogenannte «longus», weil er bis zu vier Stunden gehen konnte, entsprechend gab es noch den «brevis», der nur etwa eine halbe Stunde dauerte.

Von den 17 Prüfungen war meine allererste der «longus». Früh morgens um 8.00 standen wir vier Kandidaten bereit, jedem wurde ein Patient zugewiesen. Ich musste in einem damals noch üblichen 7-Bett Zimmer vorne rechts einen Patienten befragen, untersuchen und sollte eine Diagnose stellen. Gut vorbereitet wie man war, war dies rasch und leicht zu lösen. Er hatte eine seltene Nebenwirkung eines Medikamentes. Dieses Medikament sollte ich in meiner späteren beruflichen Laufbahn aufgrund dieses Eindruckes praktisch nie verordnen. So plauderte ich mit dem Patienten noch über andere Dinge.

Im gleichen Zimmer saß ein anderer Patient auf einem
Stuhl. Es war erkennbar es ging ihm nicht so gut. Er sah ge-
schwächt aus, vor allem aber hustete er ständig und hatte
unschwer zu erkennen auch Auswurf.

Etwa um halb zwölf kamen die Examinatoren ins Zimmer.
Wir begrüssten uns und plötzlich fiel der bisher hustende
Patient von seinem Stuhl auf den Boden. Prof. R. wurstelte
in seinem Arztkittel nach dem Stethoskop, der Koexaminator
stellte fest, daß der Patient keinen Puls mehr hatte und be-
gann mit der Herzmassage. Nun was macht der Prüfling?
Von meinen zahlreichen Nachtwachen die ich während des
Studiums gemacht hatte, wußte ich, ich muß alarmieren.
Dazu mußte man die Glocke setzen wie wenn eine Schwes-
ter im Zimmer wäre – was zu diesem Zeitpunkt nicht der Fall
war – und dann bei einem Patienten den Alarm auslösen.
Ich mußte nicht lange überlegen. So kam dann die ganze
Schar, der Patient wurde zunächst erfolgreich reanimiert und
auf die Intensivstation verlegt.

Was war aber mit den Examinatoren und dem Prüfling? Man
wusch sich die Hände, ich spülte mir auch noch den Mund
aus, hatte ich doch nachdem Dr. M. die Herzmassage übernommen hatte, den Patienten versucht zu beatmen. Und wie
wenn nichts passiert wäre, wurde ich zu meinem Patienten
befragt, auch noch ein zweites Thema wurde angesprochen
und diskutiert. Ich konnte soweit alle Fragen beantworten
und erhielt, vielleicht auch wegen des Einsatzes und des
klaren Kopfes, die Bestnote.

Tage später ging ich auf die Intensivstation mich erkundigen.
Der Patient lebte noch, musste aber intensiv behandelt werden. Was sein Grundleiden war weiß ich nicht mehr. Als ich
ein wenig später nochmals nachfragen ging, wurde mir

mitgeteilt, der Patient war inzwischen verstorben. Die erfolgreiche Reanimation hatte ihm also vielleicht eine Woche zusätzliches Leben gegeben.

Na, das war ein Start ins Staatsexamen und auch in die spätere Berufstätigkeit, es sollte nicht bei der einzigen Reanimation bleiben.

Meine erste Assistentenstelle war am Institut für Anästhesie und Intensivmedizin. Mehrfach kam ich da auch mit Reanimationen, vor allem «in-house», in Berührung. Als Anästhesist war man für die Beatmung zuständig und damit meistens mit einer Intubation, beschäftigt; der restliche Teil der Reanimation war für mich damals im Hintergrund. Das änderte sich nach dem ich auf die Innere Medizin gewechselt habe.

Auf der Abteilung für Innere Medizin mußte man damals die «Hierarchiestufen» erklimmen. Zunächst war man im Regelfall auf der Abteilung für Pflegefälle, da gab es keine Reanimationen. Doch bald mußte man auch Nachtdienst leisten und dazu gehörte auch die Betreuung der Notfallstation bzw. Aufnahmestation dazu. Da gab es wohl auch mal die eine oder andere Reanimation, diese sind mir nicht so sehr im Gedächtnis geblieben. Einzig ein Oberarzt, wenn er zu einer Reanimation gerufen wurde, so stellte er sich immer am Fußende des Patienten auf, beobachtete die Situation und gab Anweisungen. Grundsätzlich eine sehr gute Haltung, jemand muß die Übersicht behalten.

Nachdem man auf verschiedenen Abteilungen Patienten mit den verschiedensten internistischen Krankheiten betreut hatte, wurde man – eine nächste Hürde in der Hierarchie – in der Regel für sechs Monate auf die Notfallstation eingeteilt. Dies war wohl die arbeitsintensivste Zeit. Oft war der

Arbeitsanfall so groß, daß keine Zeit zur regelmäßigen Nahrungsaufnahme blieb. Entsprechend habe ich in dieser Zeit auch einige Kilo an Gewicht abgenommen.

Immer wieder gab es Einsätze im Schockraum. Dort wurden sehr kritische Patienten eingeliefert und von einer großen Equipe betreut. Einmal wurde ein junger Patient mit einer Messerstichverletzung eingeliefert. Rasch war klar, daß das Messer ins Herz gegangen war. Er lebte noch, war jedoch schon nicht mehr ansprechbar. Zum Chirurgen sagte ich, er müße notfallmässig thorakotomieren. Ein Transport in eine andere Klinik (das Universitätsspital) war nicht mehr möglich. Der Chirurg, eigentlich in Bauchchirurgie spezialisiert, sagte dies könne er nicht tun. So stellten wir alle Bemühungen ein, es gab keine Chance, und der Patient verstarb.

Nach der Zeit auf der Notfallstation hatte ich zum Glück zwei Wochen Ferien. Da konnte ich etwas entspannen und mich erholen. Ich wußte nach den Ferien würde der nächste strenge Einsatz auf der Intensivstation erfolgen. Damals waren es turnusgemäss eine Woche Tag, eine Woche Nacht und dann eine Woche frei. Die Arbeitszeit in der Regel mindestens dreizehn bis vierzehn Stunden pro Schicht.

Am Abend vor dem ersten Arbeitstag, rief mich noch der diensttuende Kollege an und teilte mir mit, daß der Leiter der Intensivstation verstorben sei. Diesen Kollegen hatte ich sehr geschätzt und respektiert, er war Kardiologe und hat einen beträchtlichen Anteil daran, daß ich mich in meinem weiteren Ausbildungsgang für die Kardiologie entschieden habe. Welch ein Start.

Zwei Wochen gab es als Einführungszeit. Man mußte die damaligen Behandlungsrichtlinien kennenlernen. Es galt auch die verschiedenen Apparaturen, Beatmungsgeräte,

Infusomaten und deren Bedienung zu beherrschen. Welche Medikamente in welcher Dosierung sind wann zu verabreichen. Natürlich gab es sogenannte Schemata, ein Blaubuch, aber oftmals hat man keine Zeit nachzuschlagen, rasch mußte entschieden werden. Internetzugang gab es damals noch nicht.

Damals gab es in der Stadt Zürich das sogenannte Cardiomobil. Dies war ein besonders ausgerüsteter Rettungswagen. Nebst zwei Rettungssanitätern, einer davon Fahrer, einer Krankenschwester gehörte auch der diensttuende Arzt der Intensivstation zum Team.

So kam der Tag X an dem ich nun die Verantwortung zu übernehmen hatte. Mit mulmigem Gefühl ging ich ins Spital, es waren nicht alle Betten auf der Intensivstation belegt. Kaum hatte der vor mir diensttuende Kollege mir das Wichtigste rapportiert, schon ging der Alarm fürs Cardiomobil los. Mit Herzklopfen bestieg ich den Wagen. Mit übersetzter Geschwindigkeit fuhren wir über die Tramgleise auf die Kreuzung zu, die Ampel stand auf ROT. Abruptes Abbremsen und mit Blaulicht und Martinshorn weiter. Wir übernahmen die von den Laien begonnene Reanimation. Als die Situation medizinisch stabil schien, habe ich zum raschen Transport ins Spital gemahnt. Vor lauter Nervosität habe ich jedoch vergessen das Spital zu avisieren. So mußte der Rettungssanitäter mit Funk durchgeben, wir würden in wenigen Minuten mit einem Patienten eintreffen. Das Bett war kaum abgedeckt und schon waren wir da. Also am Schluß noch mal alles gut gegangen und ich hatte meine «Feuertaufe» bestanden.

Ein Bier für ein Leben

Nicht jede Reanimation verläuft dramatisch, auch bleibt nicht jede in der Erinnerung. Viele Jahre später sollte ich nochmals eine hochdramatische Reanimation erleben. Inzwischen hatte ich schon einige Jahre meine Praxis für Kardiologie. Es war zu Beginn der Ferien, ich saß am Abend, es muß wohl sechs Uhr gewesen sein, alleine in der Praxis und erledigte noch einige administrative Aufgaben. Plötzlich klingelte es. Am Klingelton konnte ich unschwer erkennen, es war unten an der Eingangstür. Mit der Gegensprechanlage fragte ich wer läuten würde. Die Antwort war, kommen sie sofort, es liegt jemand am Boden.

Natürlich ging ich sofort nach unten. Ein Mann, geschätzt über siebzig, lag am Boden, blau im Gesicht, keine Spontanatmung, Puls hatte er auch keinen. Meine erste Reaktion, der Herr ist verstorben. Die wenigen Leute die da waren, sagten mir es sei soeben zu Boden gesunken. Zur damaligen Zeit war im gleichen Gebäude auch noch der örtliche Polizeiposten. Zwei Polizisten sperrten das Gebiet ab. So sagte ich zum einen Polizisten, also legen wir los. Mässig koordiniert habe ich Herzmassage gemacht, der Polizist, er hatte einen Beatmungsbeutel, beatmete den Herrn. Der zweite Polizist hatte schon die Sanität avisiert.

Ich wußte in der Praxis habe ich einen Defibrillator, aber ich konnte ja nicht von der Reanimation weg gehen, jemand zu instruieren ging auch nicht, das Gerät, für uns gut positioniert, würde ein Fremder nicht finden. Somit blieb mir nichts anderes übrig als mit der Reanimation fortzufahren.

So arbeiteten wir als Team. Der Rettungswagen war avisiert. Es waren sehr lange Minuten bis endlich das Martinhorn zu hören war und der Rettungswagen endlich eintraf. Es war

tatsächlich ein Kammerflimmern und mit dem Defibrillator
konnte der Herzrhythmus wieder hergestellt werden. Die Sanitäter und ich versorgten den Patienten und machten ihn
transportbereit. Mitgekommen war ein junger Assistenzarzt.
Er war völlig von der Situation überfordert, wußte nicht was
zu tun wäre und stand teilweise staunend mit offenem Mund
daneben. Da dachte ich mir, ich kann doch nicht ihn mit dem
Patienten im Rettungswagen ihrem Schicksal überlassen,
habe mich schon darauf eingestellt den Transport zu begleiten. Wir waren schon im Begriff den Patienten auf der Bahre
ins Auto zu laden, als plötzlich wieder ein Martinshorn zu hören war. Mit einem Polizeiauto kam der Chefanästhesist des
Spitals. Nicht nur mir war die Überforderung des jungen Kollegen aufgefallen, es muss wohl einer der Sanitäter den An-
ästhesisten aufgeboten haben. Eine gute Idee.

Auf einer Bank neben dem Geschehnis saß eine Frau.
Nachdem der Rettungswagen abgefahren war, kam sie zu
mir, sie kennen doch mich und meinen Mann. Sie waren
schon Patienten von mir gewesen und wohnten im Nachbar-
haus. Während der ganzen Aktion hatte ich mir keine Gedanken gemacht um wen es sich hier handeln könnte. Das
Ehepaar hatte auf ein Taxi gewartet, es sollte sie zum Arzt
bringen, der Ehemann hatte so starke Brustschmerzen, also
richtig, es war Verdacht auf einen Herzinfarkt. Ich beruhigte
die Frau, gab aber auch zu Bedenken, man müße nun im
Spital weitersehen.

Die Polizisten räumten ihre Abschrankung wieder ab, ich bedankte mich bei ihnen für die Unterstützung und Hilfe.

Ich ging zurück in die Praxis. Habe zuerst dem Kollegen angerufen, er müße nicht länger auf den Patienten warten, ich
hätte ihn soeben reanimiert. Er erwiderte trocken: Lieber du

als ich. Nun habe ich die Krankenakte kurz hervorgeholt und
wollte den letzten meiner Berichte ans Spital übermittelt.
Dazu mußte ich zuerst anrufen und die damals noch übliche
Faxnummer erbitten. Die Rezeptionistin gab sie mir gerne,
sagte aber sie sei froh ich rufe an. Ein Notfall war ihr gemeldet worden, es stand jedoch kein Krankenwagen zur Verfügung. Kein Problem meinte ich. Ich ging zu den Polizisten,
sagte ihnen wir hätten nochmals einen Einsatz. Mit Blaulicht
und Martinshorn eilten wir zum Einsatzort. Erfreulicherweise
war es diesmal nicht so kritisch und die Situation konnte
rasch geklärt werden.

Sehr erfreut war ich nun, als ich hörte, der Patient des ersten Notfalleinsatzes mit der Polizei, hatte einen Stent bekommen und konnte nach nicht mal einer Woche das Spital
schon wieder verlassen. Noch mindestens zweieinhalb
Jahre konnte der Patient das Leben geniessen. Regelmäss-
sig sah ich das Ehepaar bei ihren Spaziergängen. Der Herr
ist dann nach über zweieinhalb Jahren an einer anderen Ur-
sache verstorben.

Einige Zeit später bestellte ich im Lokal unterhalb der Praxis
Pizzen zum nach Hause nehmen. Unaufgefordert stellte mir
der Wirt ein Bier auf die Theke an der ich am Warten war.
Ich sagte ich hätte dies doch nicht bestellt. Da meinte er, der
Herr hinten in der Ecke habe es für mich bestellt und bezahlt. Ich ging mich artig bedanken, da meinte er, ich habe
seinem Vater das Leben gerettet und dafür wolle er sich bei
mir bedanken. Ich glaube selten hat mir im Leben ein Bier so
gut geschmeckt.

Es mußten wohl einige Wochen vergangen sein, als am
Schluß der Sprechstunde noch eine junge Frau kam. Sie
wollte keine Konsultation. Sie war die Tochter des Mannes

den ich reanimiert hatte, die Schwester des edlen Bierspenders. Auch sie wollte sich bei mir für meinen Einsatz bedanken. Sie schenkte mir eine Weinkaraffe und eine Flasche feinsten Bordeaux Weines.

So kommt doch immer wieder sehr viel von Patienten und deren Angehörigen zurück.

Silvester 2022 – eine letzte Reanimation kurz vor der Pensionierung

Für die Silvesternacht hatten wir in einem schönen Restaurant oberhalb des Zürisee mit wunderbarer Aussicht reserviert. Es gab ein feines Fünf-Gang Menue, zur Unterhaltung spielte ein 4-Mann Band auf. Eine grosse Zahl der Gäste war, entsprechend der Ausrichtung des Restaurants, Italienisch sprechend. Nach Amuse Bouche kam ein reichhaltiger Vorspealenteller mit Crevetten, diversen Salaten, Tintenfisch usw. Die Salatsauce mit Balsamico war vorzüglich. Als nächster Gang gab es tre pasti – also Tagliolini, Ravioli und Pasta-Bonbons mit entsprechenden Saucen beziehungsweise Füllungen. Wunderbar. Inzwischen spielte die Band und die ersten Paare tanzten auf der Tanzfläche.

Plötzlich Unruhe im Saal. Ein Mann war zu Boden gefallen – ist es das Herz? Zuerst wurde er – wie mir später erzählt wurde – in Bewusstlosenlage gelegt. Ein Feuerwehrmann – Angelo – sah er atmete nicht, hatte keinen Puls und drehte ihn wieder auf den Rücken und hatte schon mit der Herzmassage begonnen als ich dazu kam. Jemand alarmierte den Notruf, ich gab Anweisung man möge im nahen Alterszentrum den Defibrillator holen und wechselte mich mit Angelo mit der Herzmassage ab.

Endlich kam die Equipe mit dem Krankenwagen. Weiter ging die Herzmassage, das EKG mit dem Defibrillator wurde angeschlossen. Analyse – Schockabgabe. Weiter mit der Herzmassage, weiterhin Kammerflimmern. Gleichzeitig kam die Frau mit dem Defi vom Alterszentrum, den wir demzufolge nicht mehr brauchten. Kurz danach kam die Notärztin. Die Reanimation zog sich über mindestens 40 Minuten hin mit Intubation, Infusion anlegen, Adrenalingaben, Cordaronegabe (ein Medikament zur Rhythmusstabilisierung) weiter mit Herzmassage und wiederholten Schocks. Ein regelrechter Rhythmus konnte nicht mehr hergestellt werden, der Mann verstarb.

Inzwischen hatte die Band ihr Spiel eingestellt, die Gäste wurden gebeten in den zweiten Raum zu wechseln, viele gingen hinaus und schauten sich die Feuerwerkskörper an, überwiegend waren die Leute still bis schweigend. Der Hauptgang konnte nicht mehr serviert werden und die Mehrheit der Gäste machte sich auf den Heimweg.

Da es sich formal um einen aussergewöhnlichen Todesfall handelte, wurde die Polizei mit dem kriminaltechnischen Dienst aufgeboten. Nach Angabe meiner Personalien verliess auch ich den Ort, wissend, dass nun der Amtsarzt kommen müsste und erst dann die Leiche abtransportiert werden könnte.

Welch eine Silvesternacht.

11. Nach fast 30 Jahren Praxis ist Schluß

Einige wenige Patienten kannte ich noch von meiner letzten Tätigkeit als Oberarzt als ich mich als Kardiologe in einer neuen Praxis niederlies. In der Region March/Höfe gab es bislang weit und breit keinen Kardiologen. Da war es für viele Patienten willkommen, daß sie nun nicht mehr in die Stadt reisen mußten, sondern in der Nähe betreut werden konnten.

So kam als einer der ersten Patienten der Posthalter und Wirt einer kleinen Wirtschaft aus der näheren Umgebung meiner Praxis, den ich wegen seiner Herzerkrankung im Stadtspital betreut hatte. Er hatte sich einer Bypass Operation unterziehen müssen. Da er wieder unklare Beschwerden wie Müdigkeit, Leistungsintoleranz und so weiter hatte, wurde er mir von seinem Hausarzt zugewiesen, ich solle doch mal schauen was das Problem sei. Nun der Mensch besteht ja nicht nur aus Herz, da gibt es noch andere Organe. Der Posthalter hatte nämlich vor Jahren eine Operation wegen eines Hirntumors. Die Operation war gut verlaufen, aber er hatte eine Drainage vom Hirn in die Bauchhöhle, damit überflüssige Flüssigkeit abfliessen konnte. Meine Vermutung, die Drainage ist verstopft. Die notwendigen Abklärungen leitete ich ein. Meine Diagnose war nicht ganz richtig, nein der Patient hatte ein Rezidiv seines Hirntumors, die Drainage war nach wie vor durchgängig. Erneut konnte er erfolgreich operiert werden, er wurde wieder fit und leistungsfähig. Er war zwar nicht mehr ganz so vital wir früher, aber genügend fit, konnte im Restaurant fleißig mithelfen und hatte an vielem seine Freude.

Einige Zeit später sollten meine Schwiegereltern Goldene Hochzeit feiern. Zu einem Familienfest kam es nicht. Jedoch

die jüngste Tochter lud die Eltern in jene Wirtschaft des
Posthalters ein. Für mich war dies ein Unding, es wurde
auch nicht kommuniziert, ich erfuhr es aus Zufall, als der
Posthalter bei mir zu einem Untersuchungstermin gekommen war. Es war ihm sichtlich peinlich, dass er mir diese In-
formation weitergab. So dachte ich mir, es kann doch nicht
sein, daß Eltern mit einer Tochter und ihrer Familie feiern
und die andern vier Kinder mit Familien aussen vor bleiben.
Da dachte ich mir, euch spiele ich einen kleinen Streich. Ich
bat einen mir bekannten Schwyzer Örgeli Spieler ein kleines
Ständchen zu Ehren der Jubilare zu spielen. Bei Eintreffen
der Schwiegereltern mit der jüngsten Tochter und deren Familie war das Entsetzen der jungen Frau groß: «Das habe
ich nicht bestellt» rief sie entsetzt bei Betreten der Wirtschaft. Selbstverständlich habe ich die Kosten für den Musi-
kanten und dessen Essen übernommen.

Eine der wichtigsten und nicht vermeidbaren Ursachen für
eine koronare Herzerkrankung ist die Vererbung. So ist es
nicht verwunderlich, daß auch der Bruder des Posthalters
und Wirt mein Patient war. Er war einige Jahre jünger und
auch ein anderer Typ Mensch. Beruflich war er erfolgreich.
Privat hatte er das Fischen als sein grosses Hobby. Ob er
die Fänge teilweise seinem Bruder ins Restaurant brachte?
Das weiß ich nicht. Nun er fischte nicht von Land, nein er
fischte vom Boot aus. Als eines Jahres wieder der Winter zu
Ende ging, der See nicht mehr gefroren war, mußte das
Boot wieder in Ordnung gebracht werden und an seinen
Platz gebracht werden. Es war noch recht kalt, vor allem das
Wasser war noch sehr kalt. Nun beim Anbinden des Bootes
war der Fischer etwas unvorsichtig, verlor das Gleichgewicht
und fiel in den See. Mit eigener Kraft konnte er nicht mehr
ins Boot zurück, die Kleidung sog sich mit Wasser voll, er

rief aus Leibeskräften um Hilfe. Ein anderer Fischer in der
Nähe hörte ihn. Er machte sich auf den Weg, rief ihm die
ganze Zeit zu, er solle sich am Boot festhalten. Er sprach die
ganze Zeit mit ihm, damit er ja nicht loslassen würde, denn
das wäre der sichere Tod gewesen. Dummerweise hatte er
nur ein Ruderboot. Ein Motorboot wäre schneller gewesen
und natürlich viel kräfteschonender. Er gab sich alle Mühe,
nahm alle Kräfte die er hatte und ruderte zu dem Mann in
desperatem Zustand. Seine Kräfte wollten schon nachlas-
sen, er fror immer mehr, wenn der andere Fischer doch nur
endlich kommen würde.

Endlich erreichte er den Mann, fest klammerte er sich an
sein Boot. Doch wie ihn nun ins Ruderboot bringen? Er war
von Natur aus schon schwer, doch mit der reichlich mit Wasser durchtränkten Kleidung war er gerade nochmal viel
schwerer. Er mußte vorsichtig vorgehen. Ein Glück, die
Kante es Ruderbootes war relativ tief. Mit aller Kraft wechselte der Mann im Wasser an die Kante zum Ruderboot seines Retters, der Kollege zog ihn unter Aufwendung aller
Kraft über die Kante, gab sich dann aber alle Mühe Gegen-
gewicht zu geben, damit nicht auch noch das Ruderboot
kentern würde. Mühsam waren sie nun im Ruderboot. Nun
so schnell wie möglich an Land.

Inzwischen hatten Passanten am Ufer die Rettungsaktion
mitverfolgt. Geistesgegenwärtig hatte ein Beobachter die
Sanität avisiert. Bis die Beiden an Land ankamen, war auch
die Sanität schon vor Ort. Sie übernahm die unterkühlten
Männer. In Rettungsdecken wurden sie ins Spital gebracht
und weiter aufgewärmt. Nach ein paar Tagen konnte der
Mann aus dem Spital wieder nach Hause entlassen werden.
Er hatte die ganze Episode, und dies trotz eingeschränkter
Pumpkraft des Herzens, schadlos überstanden. Offenbar

war sein Herz stärker und in besserer Verfassung als wir Ärzte das aufgrund unserer Untersuchungen geglaubt hatten.

Nun nach bald 30 Jahren Praxistätigkeit sollte nun langsam Schluß sein. Der letzte Arbeitstag war arbeitstechnisch ein Tag wie jeder andere. In der Mittagspause gab es jedoch dann noch eine grosse Überraschung für mich. Mit Geschenken, um mir die Zeit nach der Pensionierung so schön wie möglich zu gestalten, wurde ich verwöhnt.

Verschiedene Patienten waren eingeschrieben, darunter auch neue. So kam ein Patient zur Untersuchung mit dem Familiennamen der beiden Brüder. Ein häufiger Name in der Region. Ich nahm die Anamnese auf wie üblich. Der Mann im mittleren Lebensalter gab an, sein Vater habe eine Herzkrankheit gehabt, ich würde ihn wahrscheinlich kennen. Tatsächlich war dem auch so, der Posthalter und Wirt war sein Vater gewesen. Nun konnten wir die ausführliche Familiengeschichte noch ergänzen und auch über die verschiedenen Geschichten uns austauschen. Inzwischen war auch die Schwester der Brüder im hohen Alter von über 90 Jahren verstorben. Die Wirtschaft war inzwischen aufgelöst und in eine Wohnung umgebaut worden. Die Untersuchung war dann nur noch eine Routinesache.

Michael Richter

Geboren am 28. April 1952 in Schwäbisch Gmünd, im Weiteren aufgewachsen im Nordschwarzwald und einige Jahre in Südindien. Schulabschluß mit Abitur in Fellbach bei Stuttgart.

Anschließend Übersiedlung in die Schweiz und Studium der Medizin in Zürich. Abschluß mit Staatexamen und Promotion. Assistenz- und Oberarztjahre vor allem im Stadtspital Triemli und Universitätsspital Zürich. Ausbildung zum Internisten und Kardiologen.

1994 Eröffnung einer eigenen Praxis in Pfäffikon/Schwyz. Zwei erwachsene Kinder. Lebt mit Partnerin am Zürisee.